「……連絡なし。燐にいったい何があったの？」
キミと僕の最後の戦場、あるいは世界が始まる聖戦10
the War ends the world / raises the world
ネビュリス皇庁第2王女。シスベルの救出に向かったイスカ・燐が連絡を絶ったことを非常に心配している

「あ、あなたたち⁉　寝ていたはずじゃあ！」
シスベル・ルゥ・ネビュリス9世
Sisbell Lou Nebulis IX
ネビュリス皇庁第3王女。ケルヴィナの許へ連れ去られていたが、イスカ達によって救出される。アリスのいないうちにイスカとの仲を深めようと画策するが……

「もう逃げられないよ？」
音々・アルカストーネ
Nene Alkastone
帝国軍機構III師第907部隊のメカニック担当。シスベルの親愛計画を全力で阻止する
ミスミス・クラス
Mismis Klass
帝国軍機構III師第907部隊の隊長。シスベルの親愛計画を全力で阻止する

the War ends the world / raises the world

CONTENTS

キミと僕の最後の戦場、あるいは世界が始まる聖戦10

細音 啓

ファンタジア文庫

3015

口絵・本文イラスト　猫鍋蒼

キミと僕の最後の戦場、
あるいは世界が始まる聖戦 10

the War ends the world /
raises the world

So Se lu, deus E gilim fert ?
あなたは何を紡ぎだす？

Nevaliss E suo Ez nes pelnis, Ec wop kis Sec eme cs.
あなたはかりそめの器と言うけれど、それもわたしからの贈り物。

Deris E nes Sec phenoria.
あなたもわたしの子供なのだから。

機械仕掛けの理想郷

「天帝国」

イスカ
Iska

帝国軍人類防衛機構、機構Ⅲ師第907部隊所属。かつて最年少で帝国の最高戦力「使徒聖」まで上り詰めたが、魔女を脱獄させた罪で資格を剥奪された。星霊術を遮断する黒鋼の星剣と、最後に斬った星霊術を一度だけ再現する白鋼の星剣を持つ。平和を求めて戦う、まっすぐな少年剣士。

ミスミス・クラス
Mismis Klass

第907部隊の隊長。非常に童顔で子どもにしか見えないがれっきとした成人女性。ドジだが責任感は強く、部下たちからの信頼は厚い。星脈噴出泉に落とされたせいで魔女化してしまっている。

ジン・シュラルガン
Jhin Syulargun

第907部隊のスナイパー。恐るべき狙撃の腕を誇る。イスカとは同じ師のもとで修行していたことがあり、腐れ縁。性格はクールな皮肉屋だが、仲間想いの熱いところもある。

音々・アルカストーネ
Nene Alkastone

第907部隊のメカニック担当。兵器開発の天才で、超高度から徹甲弾を放つ衛星兵器を使いこなす。素顔は、イスカのことを兄のように慕う、天真爛漫で愛らしい少女。

璃洒・イン・エンパイア
Risya In Empire

使徒聖第５席。通称「万能の天才」。黒縁眼鏡にスーツの美女。ミスミスとは同期で彼女のことを気に入っている。

魔女たちの楽園

「ネビュリス皇庁」

アリスリーゼ・ルゥ・ネビュリス９世
Aliceliese Lou Nebulis IX

ネビュリス皇庁第２王女で、次期女王の最有力候補。氷を操る最強の星霊使いであり、帝国からは「氷禍の魔女」と恐れられている。皇庁内部の陰謀劇を嫌い、戦場で出会った敵国の剣士であるイスカとの、正々堂々とした戦いに胸をときめかせる。

燐・ヴィスポーズ
Rin Vispose

アリスの従者。土の星霊の使い手。メイド服の下に暗器を隠し持っており、暗殺者としての技能も高い。表情が乏しく何を考えているか分かりづらいが、胸の大きさにはコンプレックスがある。

シスベル・ルゥ・ネビュリス９世
Sisbell Lou Nebulis IX

ネビュリス皇庁第３王女で、アリスリーゼの妹。過去に起こった事象を映像と音声で再生する「灯」の星霊を宿す。かつて帝国に囚われていたところを、イスカに助けられたことがある。

仮面卿オン
On

ルゥ家と次期女王の座を巡って争うゾア家の一員。真意の読めない陰謀家。

キッシング・ゾア・ネビュリス
Kissing Zoa Nebulis

ゾア家の秘蔵っ子と呼ばれる強力な星霊使い。「棘」の星霊を宿す。

サリンジャー
Salinger

女王暗殺未遂の咎で囚われていた、最強の魔人。現在は脱獄している。

イリーティア・ルゥ・ネビュリス９世
Elletear Lou Nebulis IX

ネビュリス皇庁第１王女。外遊に力を入れており、王宮をあけていることが多い。

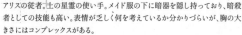

Prologue　『天に挑《いど》むもの』

「なあ土の魔女《まじょ》、聞こえてるんだろう？」

クスクス、と。

子供が笑いを堪《こら》えるような吐息《といき》。少年とも少女ともつかない中性的な声が響《ひび》いたのは、床《ゆか》に畳《たたみ》を敷《し》きつめた大部屋だった。

異国情緒《エキゾチシズム》。

帝国《ていこく》によくあるフローリングの部屋ではない。

畳が敷きつめられ、香《こう》が焚《た》かれている。

朱《しゅ》を基調としたこの間《ま》の様相は、土の魔女と呼ばれた少女——燐《リン》にとってまるで別世界の光景だった。

「そこの魔女」

「…………」

「聞こえてないのかな？　おかしいね、とっくに目が覚めてるはずなのに。それともまだ眠《ねむ》った体《てい》で、メルンの寝首《ねくび》を掻《か》こうとでも？」

「……ちっ！　このバケモノが」

ごまかせない。

両手を拘束《こうそく》されて横たわった体勢から跳《は》ね起《お》きて、燐は膝《ひざ》をついて立ち上がった。

運動ジム並に広い大広間。

この場にいるのは囚《とら》われの自分と、そして人語を喋《しゃべ》る「怪物《かいぶつ》」だ。

天帝《てんてい》の席にあぐらをかいた銀色の獣人《じゅうじん》が、頬杖《ほおづえ》をついてこちらを見下ろしている。

ニヤニヤと楽しげに。

「……ずいぶんと愉快《ゆかい》そうだな。この私を捕《と》らえたことがそんなに嬉《うれ》しいか」

「んー？　どうだろう、メルンが楽しいかどうかは、これからのお前次第《しだい》だからね」

「どういう意味だ」

「その前にさ、なあ魔女――」

「黙《だま》れ！」

魔女。

星霊《せいれい》使いに対する蔑称《べっしょう》に、燐は、歯を剥《む》きだしにして叫《さけ》んだ。

「そんな不気味な形《なり》をしたお前に、魔女呼ばわりされる道理はない！」

「心外だね。メルンはそんなに不気味かい？」

銀色の毛並みは、まるで狐《きつね》。

顔かたちはさしずめ猫《ねこ》と人間の少女を足し合わせたようで、子猫《こねこ》のように目が大きく、人なつこいとさえ思える相貌《そうぼう》だ。

──獣人。

少なくとも燐は、こんな種族がこの世界にいるという話を聞いたことがない。

「……貴様はいったい何だ」

「またその質問かい？　いったい何回答えればいいのかな」

ふぁぁ、と大あくび。

その問いかけはもう聞き飽《あ》きたとでも言いたげな素振《そぶ》りを、挟《はさ》んで。

「メルンはメルンだよ」

「……天帝ユンメルンゲン」

「なんだ、ちゃんとわかってるじゃないか」

「私が、それを素直《すなお》に信じられると思っているのか！」

帝国の象徴《しょうちょう》たる天帝。

燐にとっては怨敵《おんてき》だ。いや燐にとってのみならず、主《あるじ》のアリスや女王など全星霊使いにとって、これほど憎《にく》い者はいまい。

だが――

その天帝が、まさかこんな人外の怪物だったとは。

「私を魔女呼ばわりするお前こそ、完全な化け物ではないか！」

「それは勘違《かんちが》い」

「何っ」

「メルンに名前を教える気はないって言ったのはお前だろう？」

「当然だ。貴様に教えることなどない」

「じゃあやっぱり『魔女』以外に呼び名がないじゃないか。まったく強情《ごうじょう》だね」

天帝が、やれやれと肩《かた》をすくめてみせる。

「お前は捕虜《ほりょ》なんだから、メルンに名前くらい教えるべきじゃないか？」

「――――」

沈黙《ちんもく》。

その場で棒立ちになったまま目を閉じる。それが燐からの応えだ。

――お前に従う気はない。

魔女として捕虜になった以上、自分の行く末は、処刑《しょけい》か拷問《ごうもん》か人体実験の三択《さんたく》だ。

それでいい。

こんな化け物と口をきくくらいなら、自分はその三択の方がマシだ。

「はー……ほんと強情だよ。皇庁《おうちょう》の人間のまさしく典型だ。帝国とか帝国人とかって単語を聞くだけで頭が沸騰《ふっとう》するんだから」

天帝の溜息《ためいき》が伝わってくる。

「さてどうしよう。こんな時、璃洒《リシャ》ならうまく懐柔《かいじゅう》するんだろうけどねぇ。あいにく璃洒はまだ当分戻《もど》ってこないし」

「――――」

「っ、そうだ！」

パチッと指を打ち鳴らす。

その気配を燐が感じた途端《とたん》、両手首をきつく拘束していた手錠《てじょう》が、外れた。

「!? 貴様……？」

思わず目をあける。

両手が自由になって身構える燐から一段高い場所で、天帝ユンメルンゲンが立ち上がっていた。

「いいことを思いついた」

そして跳躍《ちょうやく》。

猫のように軽々と一回転して、燐の目の前に降りたった。

「なあ――」

「ぐっ！」

慌《あわ》てて飛《と》び退《の》く。

五メートルほどの距離《きょり》を隔《へだ》てて、銀色の獣人がこちらの顔を覗《のぞ》きこんできた。

「なあ魔女。お前、メルンが憎いんだろう？」

「言うまでもない」

「だけどメルンはメルンで退屈《たいくつ》なんだよ。だから勝負をしよう」

「……勝負だと？」

「全力でかかってくるといいよ、魔女」

豊かな毛並みの尻尾《しっぽ》をゆらゆらと揺《ゆ》らす、銀色の獣人。

「メルンにとっては暇《ひま》つぶしだけど、お前にとっては死中に活だ。メルンに勝てたら褒美《ほうび》をやろう。帝都《ていと》から無条件で逃《に》がしてあげる」

「……何だと……」

我が耳を疑った。

捕らえてここまで連れてきた捕虜を、無条件で解放すると？

見下されている。

こうも都合のいい条件を提示してきたのは、「どうせ無理だろう？」という天帝の心情以外の何物でもあるまい。

「貴様、どこまで私をコケにすれば気が済む！」

「取引だよ」

天帝ユンメルンゲンが、両手を広げた。

それが臨戦態勢。

ネビュリス皇庁の歴代女王さえ知らぬ、天帝の「構え」に違《ちが》いない。

「メルンが勝ったらお前の名前を教えてもらおう。あと璃洒が戻ってくるまで、メルンの暇つぶしに付き合うこと。どうする？」

「……舐《な》められたものだな。私の星霊が土だと知って、土のない部屋では使えないと」

大きくスカートをはためかせる。

その一瞬《いっしゅん》後には、燐の両手に戦闘《せんとう》用のナイフが握《にぎ》られていた。

「お？　まだ持ってたのかい」

「私の手錠を外したこと、後悔《こうかい》させてやる！」

畳を蹴《け》る。

強烈《きょうれつ》な藺草《いぐさ》の匂《にお》いが立ちこめる大広間で、燐は、天帝の懐《ふところ》めがけ飛びこんだ。

Chapter.1　『わたくしと四人の護衛たち』

1

極東アルトリア管轄区《かんかつ》。

帝国《ていこく》の東端《とうたん》にあたる街の、ホテルの一室で――

「僕だけど、入ってもいいかな」

『イスカ兄っ？　もちろん、すぐ開けるね！』

部屋の扉越《とびらご》しに返ってくる音々《ネネ》の声。

それからすぐに足音が響《ひび》き、イスカの前で扉《とびら》が勢いよく開いた。

「おはよー、イスカ兄！」

ボリュームのある赤髪《あかがみ》を結《ゆ》わえた少女――音々。イスカと同じ第九〇七部隊に所属し、通信兵として活躍《かつやく》する少女だ。

「ささ入って入って。隊長もね、今ちょうど朝ご飯食べてるとこ」

「彼女は？」

「あの子ならソファーで寝《ね》てるよ。まだ起き上がれないみたい」

「……無理もないか」

音々に相づちを打って、部屋の中へ。

リビングに差しこむ朝陽《あさひ》。

真っ先にイスカの目に飛びこんできたのは、焼きたてのトーストにバターを塗《ぬ》っている女隊長の姿だった。

「おはようございますミスミス隊長」

「あ、おはよーイスカ君。ジン君は、まだ寝てる？」

「とっくに起きてホテルのまわりをランニングしてましたよ。さっき戻ってきてシャワーを浴びてるので、ジンももうすぐ来ると思います」

「あいよー。じゃあジン君が来たら朝ミーティングだね」

そう頷《うなず》くミスミス隊長が、手元のトーストにぱくっとかじりつく。

「食欲はどうでした？」

「アタシ？　アタシはいつも通りだよ。朝ご飯にトースト二枚はいけちゃうね」

「あ……ええと。彼女の方です」

自分たちの後ろ。

ソファーに横たわっている少女へ、イスカは目配せした。

朝陽をあびて輝《かがや》くストロベリーブロンドの金髪《きんぱつ》。ぐっすり眠《ねむ》っていてなお、その面立《おもだ》ちは人形のように愛らしい。

シスベル・ルゥ・ネビュリス9世。

帝国兵《イスカたち》にとっては敵にあたる魔女《まじょ》だが、今だけは、彼女を保護して皇庁《おうちょう》に帰還《きかん》させるという約束事がある。

「シスベルの体調はどうですか」

「あー、昨日の夕ご飯は食べてなかったしね……。音々ちゃんがホテルのレストランから栄養ドリンクもらってきて、それだけは飲めたけど」

「熱は？」

「明け方に計ったら三十八度七分だったたって」

「……昨晩より上がってるじゃないですか」

シスベルの頭には、熱冷ましの氷嚢《ひょうのう》があてがわれている。

昨晩にふらりと倒《たお》れて発熱。

帝国の医者に診《み》られるのをシスベルが嫌《いや》がったため、発熱の原因はイスカたちで推察するしかないのだが。

「……たぶん疲労《ひろう》だよね」

「僕もそう思います。あの星霊《せいれい》研究所で、ずっとベッドに縛《しば》り付《つ》けられてたそうなので。しかも食事も一切《いっさい》抜《ぬ》きで」

そう、シスベルは囚《とら》われていた。

貴重な星霊を宿した魔女として。ケルヴィナと名乗る狂《きょう》科学者のもとに連れ去られて、身の毛もよだつ人体実験の犠牲《ぎせい》者になる直前だった。

〝私が欲《ほっ》しているのは純血種に連なる被検体《ひけんたい》だ。帝国とて容易《たやす》くは手に入らない〟

〝逃がさないよお前《シスベル》は〟

埃《ほこり》だらけ、カビだらけの密室。

ベッドに括《くく》りつけられて身動き一つとれず、食事も与《あた》えられず、人体実験をさせられるという恐怖《きょうふ》に怯《おび》えていた。

……しかもシスベルにとって帝国は敵地だし。そこに一人で囚われてれば。

……不安で、身も心も消耗《しょうもう》しきったんだろうなぁ。

むしろ――

この程度で済んだのは僥倖《ぎょうこう》かもしれない。

太陽《ヒュドラ》の刺客《しかく》たちにシスベルが連れ去られた時は最悪の事態も覚悟《かくご》したが、よくぞ無事であってくれた。

「…………っ」

寝入《ねい》るシスベルが、わずかに身じろぎ。

イスカと音々とミスミス隊長が見守るなか、その愛らしい両目がゆっくりと上に開いていった。

「…………おはようございますイスカ」

「喋《しゃべ》って平気？」

「頭が痛いですわ。それに……イスカの顔が四つくらいにブレて見えますの」

「ひどい目眩《めまい》じゃないか」

「はい。とてもひどい目眩ですわ」

シスベルが弱々しく苦笑い。

目のまわりが熱っぽく腫《は》れている。まだ熱があるのだろう。こちらに語りかける言葉も、息が上がったように途切《とぎ》れ途切れだ。

「体調は最悪ですが……あのケルヴィナとかいう女に囚われていた時より、ずっと気持ちは落ちついてます。あの研究所は最悪でしたわ。ベッドに両手両足を括りつけられまして、部屋がカビだらけで息をするだけで咳《せ》き込みますし」

「ああ。廃墟《はいきょ》に偽装《ぎそう》してた建物だったからね」

「廃墟そのものですわ。だって動けないわたくしの首筋や手足を、クモやムカデが這《は》っていくのです。もういっそ殺してくれと」

「げ……」

「極《きわ》めつけはトイレもですわ。三日間も動けない状況《じょうきょう》でどうしていたかというと——」

「わかった、そこまでで」

喋り続けるシスベルに、イスカは手を突《つ》き出《だ》して「待った」をかけた。

「大変だったのは伝わったから。むしろ僕らが遅《おそ》くて悪かった。だから、シスベルも今は静かに寝ててほしいんだ。喋るのは体力を使うだろうし」

「……はい」

タオルケットを毛布代わりにするシスベルが、小さく笑《え》んだ。

「でもお気になさらず。これも作戦ですわ」

「作戦？」

「こうして同情をもらえば、皆《みな》さんわたくしに優《やさ》しくしてくれるでしょう?」

「…………」

「もちろんイスカも」

「……熱はあっても、それくらい元気があって助かるよ」

それはイスカの本音だ。

捕虜《ほりょ》になった恐怖でまともに口もきけない心的外傷《トラウマ》を抱《かか》えるより、これくらいの強《したた》かさがあって心からほっとした。

……泣きじゃくることもないし、こんな状態でも絶対弱音を吐《は》こうとしない。

……さすがはアリスの妹って感じだ。

見かけこそ華奢《きゃしゃ》で儚《はかな》いが、その内にある逞《たくま》しさは、まさしくネビュリス皇庁の王女たるものがある。

「でも……」

シスベルが言いよどむ。

「わたくしのせいで燐《リン》が捕《つか》まってしまいましたわ。よりによって天帝《てんてい》に」

その瞬間《しゅんかん》——

空気が変わった。

シスベルが発した「天帝」の名に、音々とミスミス隊長が目をみひらいた。

〝第三王女シスベル。帝都《ていと》で話そっか。お前にも関係ある話だから〟

〝待ってるよ黒鋼《くろがね》の後継《こうけい》〟

魔天使《まてんし》ケルヴィナとの戦闘《せんとう》直後。

突如《とつじょ》として現れた天帝ユンメルンゲンは、燐を人質《ひとじち》にして消えていった。その間際《まぎわ》に、自分《イスカ》とシスベルに向けてそう言ったのだ。

——帝都で話そう。

燐の命が人質だ。

ならば素直《すなお》に帝都に行けばいいかというと、第九〇七部隊《イスカたち》も決して身の安全が保証されているわけではないのが悩《なや》ましい。

魔女の姫《シスベル》の護衛という行為《こうい》は、どんな事情があれ、帝国への反旗に等しいのだから。

……帝都に行くには覚悟がいるんだ。

……僕らもシスベルも、まとめて捕まって処刑《しょけい》される可能性がある。

と。

「おい隊長《ボス》。いるか？」

銀髪《ぎんぱつ》の青年ジンが、黒塗りの機械を握《にぎ》ってやってきた。

「昨日、俺らの部屋に隊長《ボス》の通信機置きっぱなしだったぞ」

「あわわっ⁉ そうそう、どこに置いたのかわからなくなっちゃって。ジン君よく見つけられたね」

「さっきバカでかい音量で鳴ったんだよ。誰《だれ》からの連絡《れんらく》か知らねぇが」

ジンが通信機を放り投げる。

それを受け取ったミスミスが、通信機の画面をじっと覗《のぞ》きこんで。

「……あれ？」

きょとんと瞬《またた》き。

「どうした隊長《ボス》」

「これ誰からだろう。電子文《メール》を送ってきた宛名《あてな》が表示されないの。アタシの知り合いじゃないし、司令部からでもないし。音々ちゃんわかる？」

「はいはい、ちょっと貸して隊長」

通信機を手にする音々。

「これ宛名不表示の設定になってるよ」

「へ？　そんな機能あったっけ？　だってこれ帝国《ていこく》軍の共通装備だよ」

送付元を隠《かく》す。

帝国軍の通信機にそんな機能は必要ないはずなのだ。通信相手が誰で、所属はどこで、階級は何か、すべて表示されるようになっている。

「おい隊長《ボス》。中身さっさと見てみろ」

「……う、うん。ちょっと怖《こわ》いけど」

ミスミス隊長が通信機を操作して。

「えっ⁉」

抑《おさ》えきれない驚《おどろ》きの声を上げた。

「ちょ、ちょっとこれ⁉　みんな見て！　イスカ君もジン君も音々ちゃんも！」

ミスミスの手に握られた通信機。

小刻みにふるえる画面を見つめて、イスカは無意識に息を呑《の》んでいた。そこに表示されていた文面は――

『土の魔女と遊んでるからゆっくりおいで』

たった一文。

ミスミス隊長が言ったように、差出人の宛名は表示されていない。その理由がようやくわかった。

表示するまでもないからだ。

「これって……」

音々がごくりと唾《つば》を呑む。

「天帝陛下……だよね……この土の魔女《まじょ》って燐さんのことだろうし……」

「わ、わたくしにも見せてください！」

シスベルがソファーから飛び起きた。

ふらふらとよろめきながらも、ミスミス隊長の通信機を覗きこむ。

「……図々《ずうずう》しい。燐を人質に取ってるぞという再通知ですか」

「そうか？」

「え」

シスベルが振《ふ》り返《かえ》る。

背後のジンへ。

「ど、どういうことです……？」

「俺は文面通りに読んだ。十中八九、この送り主は天帝だ。ってことは慌《あわ》てる必要がない。なぜなら燐の命が保証されたからな。処刑する気なら『早くこないと土の魔女を処刑する』って文面になるんじゃねえのか？」

「……た、確かに」

シスベルが眉根《まゆね》を寄せて考えこむ。

「人質を取ってる側が『ゆっくり来い』なんて言うパターンは、わたくし本でも現実でも聞いたことがありません。でも、なぜそんな悠長《ゆうちょう》な……」

「知るかよ。『遊んでる』ってのが不穏《ふおん》っちゃ不穏だが、イスカどう思う？」

「────」

ジンの名指しに、イスカはゆっくりと息を吐きだした。

「僕も……すごく悩ましいけどジン寄りかな。この文面の意図は、僕らを慌てさせるものとは違《ちが》う気がする。むしろシスベルの体調を気遣《きづか》ってるんじゃないかな。ゆっくりおいでって」

「わ、わたくしの体調をですか⁉」

「タイミング的にそう考えるのが自然なんだよ。突飛《とっぴ》な発想だけど」

シスベルが高熱で動けない。

けれど燐のために帝都へ急がねば、その板挟《いたばさ》みに悩んでいた矢先の電子文《メール》だ。

「……理解に苦しみますわ」

シスベルが大きく嘆息《たんそく》。

先ほどまで寝《ね》ていたソファーに腰掛《こしか》けて。

「帝国人が魔女を捕《と》らえるなんて、そんなの処刑か人質のためでしょう。事実、ケルヴィナという女に、わたくしは弄《もてあそ》ばれる寸前でした。なのになぜ天帝がわたくしを気遣うのか。だって天帝は、魔女を迫害《はくがい》する国の親玉なのですよ⁉」

「……僕らもわからない」

興奮口調のシスベルに、イスカは首を横にふってみせた。

「僕らはしょせん帝国軍の一部隊だ。帝国の機密情報なんて何一つ聞かされない立場さ。だから天帝の正体も、まさかあんな姿だなんて夢にも思わなかった」

狐《きつね》のような毛並みの獣人《じゅうじん》。

あの姿で帝都をうろつくような事があれば、すぐにでも帝国軍の巡回《じゅんかい》部隊が駆《か》けつけて大騒《おおさわ》ぎになるだろう。

「いつも帝国のテレビに映る天帝は、髭《ひげ》を生やした中年の男なんだ。帝国民は誰もそれを疑ってない。僕が使徒聖に昇格《しょうかく》した時も、天帝は大きな簾《すだれ》の裏にいて姿は見せなかったよ。声だけが聞こえてきた」

「声は、あの声だったのですか？」

「全然別物だよ。嗄《しわが》れた男の声だった。いま思えば人工音声だったんだ」

姿さえ知らなかった。

そんな本物の天帝が何を考えているかなど、想像もつかない。

「……ますます不思議ですわ。あなたたち帝国兵も知らない天帝だなんて」

「知りたきゃ嫌《いや》でもわかる。帝都に行けばの話だがな」

独り言じみたシスベルの呟《つぶや》き。

それを耳聡《みみざと》く聞きつけて、応じたのはジンだった。

「むしろお前はどうなんだ」

「……え？」

「良《い》い機会だ。ここではっきりさせておく」

ソファーに座るシスベルへ、壁際《かべぎわ》に立つジンが淡々《たんたん》と言葉を続けた。

「お前の正体を」

「は、はい？」

シスベルがきょとんと目を瞬《しばたた》かせる。

そんな愛らしい少女を見下ろすジンは、いつもと変わらぬまなざしで。

「昨日のことだ。あのケルヴィナとかいう女が、お前のことを『シスベル王女』だなんて呼んでただろうが。俺らの目の前で」

「っ！　そ、それは……！」

「あと天帝《てんてい》もだな。第三王女シスベルと呼んでた。違うか？」

「…………」

ストロベリーブロンドの少女が、絶句。

そう。

独立国家アルサミラで出会った時から今の今まで、シスベルが名乗っていた肩書《かたが》きは、あくまで「王族の使者」というものだ。

それが虚偽《きょぎ》だとばれた。

ネビュリス皇庁の王女であることが、言《い》い逃《のが》れのできない形で露見《ろけん》したのだ。

「……っ」

第三王女シスベルが、無言で唇《くちびる》を噛《か》みしめる。

身分の詐称《さしょう》。

ただの遣《つか》いの護衛をさせられていたと思いきや、蓋《ふた》を開けてみれば王女の護衛。

ジンや音々からみれば重大な契約違反《けいやくいはん》となる。

「……イスカ君！　どうしよう……」

背後のミスミス隊長がこっそりと耳打ち。

「……まさかこんな事になるなんて」

「……完全な想定外です」

幸い、音々とジンの注意はシスベルに集中しきっている。

二人に気づかれぬ程度に、イスカはわずかに頷《うなず》いた。

……シスベルの正体は教えないようにって判断したのは、僕と隊長だ。

……教える事で二人まで巻きこんでしまうから。

自分《イスカ》は、シスベルの正体をジンと音々には教えなかった。

まさに今のような事態を恐《おそ》れたからだ。

護衛していた者が魔女の姫《ひめ》だと発覚した時、自分《イスカ》と隊長《ミスミス》は罰《ばっ》せられるだろう。対してジンと音々は、その事実を「知らなかった」ことで司令部からの懲罰《ちょうばつ》も軽くなる。だから教えない方が良いだろうと判断したのだ。

……それで上手《うま》くいくはずだったんだ。

……シスベルを奪《うば》い返すまで。ジンと音々はシスベルの正体を知らなかった。

それが、まさか天帝の口から語られようとは。シスベル本人さえ夢にも思わなかったであろう完全な想定外だ。

「俺らはお前の護衛を引き受けた。だがネビュリス王家の遣いと王女本人とじゃ、まるで難易度が違う。護衛の意味合いがそもそも違うからな」

物言わぬシスベルを見下ろすジン。

「少なくとも公正《フェア》じゃあない。そうだな？」

「……………仮に、そうだとして……」

膝《ひざ》の上に乗せた両拳《こぶし》を、シスベルが堅《かた》く握《にぎ》りしめた。

熱で火照《ほて》った頬《ほお》。

大きく揺《ゆ》れる双眸《そうぼう》でジンを見上げて。

「……ではどうされますか……確かに真実を語らなかったのはわたくしの違反。ならば、それを理由に護衛の件も破談にされますか」

「――――」

「……わたくしが皇庁の……憎《にく》き魔女の姫だと知って軽蔑《けいべつ》されますか……！」

擦《かす》れた叫《さけ》び。

息を絞《しぼ》るように吐《は》きだした少女の声が、リビングにこだました。

「仰《おっしゃ》ってください。魔女の姫と知ったわたくしをどうしたいのか！」

「というよりも、だ」

シスベルの真剣極《しんけんきわ》まりない表情を見下ろすジンは、なぜか「呆《あき》れた」と言わんばかりに拍子抜《ひょうしぬ》けした口ぶりだった。

「お前、自分の身の上がバレてないとでも思ってたのか？」

「…………」

「バレバレだ」

「……………………はい？」

シスベルの口が、ぽかんと半開きになって。

「あ、あの？」

「自分のこと『わたくし』だなんて言う使者がいるかよ」

「あのシュヴァルツっていうお爺《じい》ちゃんからも『お嬢《じょう》』とか言われてたもんね」

ジンに続いて音々が。

「さっきジン兄ちゃんとも話したんだけど、音々たちこの護衛が終わるまで知らんぷりでも良かったんだ。でも天帝陛下が『シスベル王女』って言っちゃった以上、音々たちがそれを訊《たず》ねなかったら、その方がかえって不自然でしょ？」

「……そ、それは」

シスベルが口ごもる。

「……たしかに言われてみれば……」

「ってわけだ。最初から周知の事実なんだよ。なかったのは確信だけだ」

ジンが真顔で腕組《うでぐ》みして。

「確信がない以上は訊《き》く気もなかったが、あの天帝がお前に向かってああ言ったからな。俺らも追及《ついきゅう》せざるを得なくなった。訊かない方が不自然になる」

「わ、わかりましたわ！　そういうことならば――」

シスベルがソファーから飛び上がった。

高熱を押して立ち上がるや、自らの胸に手をあててみせる。姉のアリスが何かを宣言する時とまったく同じ格好《ポーズ》となって。

「ここまで来た以上、わたくしたちはもはや一心同体、いえ運命共同体！　ゆえに、わたくしも信頼《しんらい》の証《あかし》として身分を明かしましょう。わたくしこそ――」

「いらねぇよ」

「ちょっとぉぉっ⁉」

ジンの容赦《ようしゃ》ない相づちに、シスベルが声のかぎりに吼《ほ》えた。

「わたくしが皇庁の王女だと突《つ》きつけておきながら、それはどういうことですの！」

「詐称さえ認めりゃ何でもいい」

「……何ですって⁉　ってどこへ行くのです⁉」

「部屋に戻《もど》るんだよ。おい行くぞイスカ」

ジンが壁《かべ》から身を起こす。

シスベルに背を向けて、我関せずと言わんばかりに部屋の外へ出て行ってしまう。

「依頼《いらい》主のプライベートに興味はねぇ」

「名乗らせなさい――――――っっっ！」

2

魔女《まじょ》の楽園『ネビュリス皇庁』。

中央州にそびえたつ王宮は、「星の要塞《ようさい》」という通称《つうしょう》で知られている。

その一画、王女の私室で。

「……いったい何があったのよ」

机に頬杖《ほおづえ》をつき、アリスは、手元の小型モニターを睨《にら》みつけていた。

アリスリーゼ・ルゥ・ネビュリス９世。

女王の血に連なる三姉妹《しまい》の次女であり、帝国《ていこく》から「氷禍《ひょうか》の魔女」と恐れられる最強級の星霊《せいれい》使いである。

そんなアリスの目元には、深い憂慮《ゆうりょ》の陰《かげ》。

戦場でも見せない暗い表情と重たげな声で、モニターに向けて問いかける。

——返事はない。

返事をするはずの者から、いつになっても連絡《れんらく》が来ないのだ。

「どういうことなの燐、あなたすぐに連絡をよこすって言ってたじゃない……！」

従者からの連絡が途絶《とだ》えた。

アリスがそれを異常と悟《さと》ったのは、昨日の夜更《よふ》けだ。

〝シスベル様の拘束《こうそく》先を特定しました。廃屋《はいおく》に似せた施設《しせつ》です〟

〝突入《とつにゅう》します〟

第三王女シスベルは、他ならぬアリスの妹だ。

その救出に向かうと宣言した燐が連絡を絶った。そこから推測されるのは嫌な予感しかない。

……救出失敗？　まさか燐まで捕《つか》まった。いえ、捕まっただけじゃなく……
……拘束されて拷問《ごうもん》を受けてるんじゃ。
「い、いえ！　燐にはイスカがついてたはずよ！」
帝国剣士《けんし》イスカは、アリスにとっての最大の好敵手《ライバル》だ。
彼のことは誰《だれ》より理解している自負がある。立場は敵でも、自分《アリス》との約束を裏切ること
は想像できない。
……燐は常にイスカと一緒《いっしょ》にいたはず。
……まさか、二人がかりで救出に失敗したっていうの⁉
信じがたい。
だがそういう仮説でなければ、燐からの連絡が一晩途絶えてしまっている現状を説明で
きないのだ。
どうする？
女王《はは》に、この異常を一刻も早く相談すべきか？
……いえ。まだ燐が失敗したとは限らないわ！
……焦《あせ》っちゃだめ。女王様《おかあさま》に報告するにしてもまだ何もわかってないじゃない。
燐側の通信機の故障かもしれない。

今日一日いっぱいは待ち続けよう。アリスが自らに言い聞かせた、まさにその矢先。

通信機のランプが光った。

「っ⁉　来た！」

両手で通信機を握りしめる。

前のめりの姿勢で、アリスは通信機に思いきり自分の顔を近づけて。

「燐！　燐なのね！」

『────』

「燐？」

『あ、繋《つな》がりましたわ。お久しぶりですわお姉さま』

「……へ？」

我が耳を疑った。

伝わってきたのは燐の声ではなく──

「ちょ、ちょっと待ちなさい。あなたシスベル⁉」

『ちなみにどうやって燐の通信機のロックを解除したかというと、わたくしの灯《ともしび》の星霊で、燐がロック解除した時の──』

「それはどうでもいいのよ⁉　え、ええと……」

あまりに予想外すぎて言葉が出ない。

囚《とら》われていた妹が、燐の通信機で連絡をよこしてきた？

あまりのことに頭の整理が追いつかないが、つまり燐とイスカが無事にシスベル救出を成《な》し遂《と》げたということだろう。

「シスベル、一応聞くけどあなた無事なのね？」

『解放されましたわ。何日も縛《しば》りつけられていたせいで気怠《けだる》さが残ってますが、ようやく熱冷ましの薬も効いてきましたの』

「…………そう」

思わず胸をなで下ろす。

この吉報《きっぽう》を一刻も早く女王《はは》にも届けねば。

女王《はは》にとって娘《むすめ》の命が助かっただけの話ではない。シスベルの生還《せいかん》は、ルゥ家の窮地《きゅうち》をひっくり返す逆転の一手になり得るのだ。

……太陽《ヒュドラ》の陰謀《いんぼう》をすべて暴けるわ。

……シスベルの灯の星霊があれば、当主タリスマンも言《い》い逃《のが》れできない。

女王暗殺を企《くわだ》てたヒュドラ家。

その陰謀を知るのは、アリスと女王を含《ふく》めてごく一握《ひとにぎ》り。

絶対的な証拠《しょうこ》がないことからアリスも耐《た》え忍《しの》んできたが、シスベルの力があれば確たる証拠を映像として「再現」できるのだ。

「とにかく無事でよかったわシスベル。今すぐ帝国から脱出《だっしゅつ》して皇庁に戻ってきなさい、お願いしたいことが山ほどあるのよ！」

『そう、その件です』

「っていうと？」

『本日は、お姉さまに良い報告と悪い報告がありますわ』

「……何かしら」

『どちらから聞きたいですか』

しばし黙考《もっこう》。

ちなみに家臣から似た問いをされることがあるのだが、こう言われた時、アリスが答えるのは決まっている。

「悪い方から聞かせてちょうだい」

『良い方から話しますね』

「今のやりとり意味あったかしら⁉」

『良い報告は、わたくしが助けられたということです』

「……それはわかってるわよ」

知ってた。予想がついていた。

その上で、アリスが聞きたかったのは後者の方だ。

「悪い報告は何なのよ。帝国から戻るのが数日かかる？　それくらいなら構わないわ」

『燐が捕まりましたわ』

「……え？」

『それも天帝《てんてい》に。皇庁の最大の敵として知られる、あの天帝ですわ』

「…………………………………………………………………………………………」

凍《こお》りついた。

耳を疑ったどころの話ではない。何かの夢ではないかと、思わず自分の頬《ほお》をつねってみたほどだ。

そして痛い。

これは紛《まぎ》れもなく現実だ。

「シスベル!?　ど、どういうことなのか一から全部話しなさ――」

『ですがご安心くださいお姉さま』

通信機から返ってきたのは、なぜか勝《か》ち誇《ほこ》った妹の陽気な声だった。

『燐はわたくしが救出してみせますわ！』

「どうやってよ⁉」

『わたくしと愉快《ゆかい》な四人の護衛たちで』

「ますますわからないわよ⁉　そもそもなんで天帝なんて大物が――」

『女王様《おかあさま》にもそうお伝え下さい』

「どう説明しろっていうのよ⁉　あ、ちょっと待ちなさい！」

ブツッ、と。

一方的に切断された通信機をしばし見下ろしてから。

「……あの子ってば」

アリスは頭を抱《かか》えたのだった。

3

真夜中の帝国。

極東アルトリア管轄《かんかつ》区の街はひっそりと寝静《ねしず》まり、イスカたちの泊《と》まっているホテルも、多くの部屋が消灯している。

そんな夜更けに。

「……ふふ」

一人こっそりと含み笑《わら》いを浮《う》かべて、シスベルはソファーから身を起こした。

真っ暗なリビング。

部屋の奥で寝《ね》ている音々とミスミス隊長を起こさないよう、身を屈《かが》め、床《ゆか》を這《は》うようにゆっくりと歩を進めていく。

扉《とびら》を開けて、ホテルの廊下《ろうか》へ。

「……我ながら完璧《かんぺき》ですわ。この真夜中の親愛計画！」

目指すはホテルの隣室《りんしつ》。

そう、イスカが眠《ねむ》っている部屋である。

昼間のうちにくすねておいたルームキーを握《にぎ》りしめ、廊下を伝って隣室へ。

カチャ、と。

小さな解錠《かいじょう》音を立てて扉が開く。ここまで来たらもう計画は成就《じょうじゅ》寸前。あとはイスカの眠る寝室《しんしつ》に忍びこむのみ。

……わたくしは昼間まで高熱でうなされていましたわ。

……それを逆手に、この真夜中でイスカとさらに距離《きょり》を縮めてみせますの！

自分には護衛が必要なのだ。

なにしろ帝都《ていと》へ向かうのだから、この先何が起きるかわからない。待ち受けているのはあの天帝ユンメルンゲンである。

ゆえに――

今の自分に必要なのは、護衛との親密度をさらに上げること。

「つまりイスカ、あなたとの関係値をですわ！」

計画その一、「まだ身体《からだ》が苦しくて……」と、イスカのベッドに侵入《しんにゅう》。

計画その二、「不安で眠れませんの……」と、イスカの隣《となり》にさりげなく密着。

互《たが》いの体温を感じるくらい近く。

二人はぎこちなく身体を寄せ合いながらも、やがて穏《おだ》やかな眠りにつく。

「この第三王女シスベルが、異性にこれほど密な関係を許すだなんて。これはもう間違《まちが》いなく信頼《しんらい》の証《あかし》なのですよ。イスカ！」

そのための寝間着《ねまき》である。

生地《きじ》も薄《うす》めのものを選んだから、寝ぼけたフリして彼に抱《だ》きつけば、彼に自分の体温を感じてもらえることだろう。

もしかしたら胸の鼓動《こどう》まで伝わってしまうかも。

……ほらイスカ聞こえますか、わたくしの胸の高鳴りが。

……って、それはさすがにやり過ぎかも？

シスベルは自他共に認める読書家だ。

こんな夜更《よふ》けに年頃《としごろ》の少女が殿方《とのがた》を訪《おとず》れることが、何かと誤解を生みかねない行為《こうい》だというのも恋愛《れんあい》小説で学習済みである。

当然、女王《はは》には言えやしない。知られたくもない。

「でも違《ちが》うのですわ女王様《おかあさま》、これは決して破廉恥《はれんち》なことではないのです」

男女のあれこれではない。

むしろ絶対にそうならないとわかっているからの決心だ。

……イスカとて年頃の殿方。

……でも彼は、わたくしに無理やり乱暴するような者ではないから。

だからこそ迫《せま》れる。

だからこそ、こんな夜中でも彼の寝室に忍び込めるのだ。

ただ単に「ほっとしたい」だけ。

自分が彼に身を近づけて、彼が顔を赤くする。それだけでいいのだ。それ以上踏《ふ》みこむつもりはない。

「…………」

隣室の廊下で、しばし黙考。

そういえばこの部屋は、イスカだけでなく狙撃手《そげきしゅ》ジンも一緒《いっしょ》なはず。彼もイスカと同じく熟睡《じゅくすい》しきっている頃《ころ》だろう。

「ちょうどいいですわ」

イタズラっぽい笑《え》みが漏《も》れる。

小さく胸をときめかせて、シスベルは真っ暗な廊下を再び歩きだした。

「どうせ寝室に忍びこむのです。あの愛嬌《あいきょう》なしの寝顔《ねがお》も拝見して差し上げますわ。昼間はあんなすまし顔でも、寝てる時くらいはさぞかし可愛《かわい》いでしょうね。ふふっ、男の花園《はなぞの》というのも悪くな――……ひぃやぁっ⁉」

ガクンッ。

抜《ぬ》き足《あし》差し足で進んでいた足に何かが引っかかり、シスベルは派手に転倒《てんとう》した。

イスカとジンの寝室は、もう目前。

しかし足に引っかかったのは何だ？

目を凝《こ》らすシスベルの視界に、極細《ごくぼそ》の糸のようなものがキラリと輝《かがや》いた。

「なっ⁉」

驚愕《きょうがく》が、喉《のど》から漏れた。

「これは鋼鉄ワイヤー!?　な、なぜこんな床すれすれにワイヤーが!?」

『――ふっふっふ』

「ひぁっ!?」

真後ろから突然《とつぜん》の気配。

それを感じた時にはもう遅《おそ》い。両肩《りょうかた》をぐっと摑《つか》まれて、シスベルは小さく悲鳴を上げた。

「まさか!?」

「……やっぱりねぇ。アタシそんなところだと思ったよ」

「ねえ隊長。イスカ兄とジン兄ちゃんの寝室の前に罠《わな》しかけてて良かったねぇ」

「あ、あなたたち!?　寝ていたはずじゃあ!」

いつの間に現れたのか。

シスベルの背後に立っていたのは、隣の部屋でぐっすりと眠っているはずの音々そしてミスミス隊長だった。

二人とも可愛らしい寝間着姿……ではあるのだが、二人が浮かべている不敵な笑みは、シスベルの表情が引《ひ》き攣《つ》るほどに怖《こわ》い。

「ふっふっふ。シスベルさん？　どこへ行こうとしてたのかな。ここはイスカ兄とジン兄ちゃんの寝室の目の前だよ？」

真っ暗闇《くらやみ》のなか、ぎらりと輝く音々の双眸《そうぼう》。

その両手にはなぜかロープが。

「ここの部屋の鍵《かぎ》、昼間のうちにこっそりアタシの鞄《かばん》から抜き取ったよねぇ？」

近づいてくるミスミス隊長。

その両手にも手錠《てじょう》が握られているではないか。

「もう逃《に》げられないよ？」

「隣の部屋に戻《もど》って、アタシたちとすこーしだけお話ししよっか？　肉食系の子猫《こねこ》ちゃんに、ちょっと世間の常識を教えてあげないとねぇ」

「ま、待って⁉　これは……違うのです！」

にじり寄ってくる二人に慌《あわ》てて手を振《ふ》る。

「わ、わたくしはただ……ほ、ほんのちょっと親しいスキンシップをしたかっただけなのですわ。不埒《ふらち》な真似《まね》をしようとしたわけでは――」

「処刑《しょけい》」

「さあ戻ろっかシスベルさん」

「いやぁぁぁっっっ!? あ、あと少しで夢の花園だったのに……！」

寝室まであと二メートル。

目的地を目の前に、シスベルは手錠とロープで全身を拘束《こうそく》されて隣の部屋まで引きずられていったのだった。

4

翌朝。

「…………はぁ」

「ん？ シスベル大丈夫《だいじょうぶ》？ まだ体調が悪そうだけど」

ロビーに立っていたイスカの下《もと》へやってきたのは、青ざめた顔のシスベルだった。

心なしか、昨晩よりやつれて見える。

「……大変な目に遭《あ》いましたわ」

「何が？」

「……まさか夜通しお説教されるとは。わたくし、お母様にだってこんなに長く怒《おこ》られたことはありませんでした」

「？」

「……いえ、こちらの話です」

ロビーの待合席にシスベルがぐったりと座りこむ。

イスカの見るかぎり、顔色は悪いが昨日より足取りが軽い。頰《ほお》の赤みも取れているから熱冷ましの薬も効いたのだろう。

「念のため聞いておくけど、今日出発して大丈夫なんだね？」

「もちろんですわ」

椅子《いす》にもたれかかるシスベルが、思いのほか元気そうに顔を上げた。

「あの天帝《てんてい》がわたくしを名指ししたのです。ここでグダグダして怖《お》じ気《け》づいたと思われては、皇庁の沽券《こけん》に関わります」

「あ、いたいたイスカ兄！」

「お待たせー」

音々とミスミス隊長が昇降機《エレベーター》から降りてきた。

続いて、荷物を抱《かか》えたジンも。

「隊長《ボス》、帝都までの鉄道チケットは？」

「ううん、まだ予約してないよ。駅に着いてから買おうかなって」

「なら急ぐぞ。こんなド田舎《いなか》からの帝都行きは特急列車も便が少ない。一本乗り損《そこ》ねると次の便まで軽く数時間待つからな」

荷物を抱えたジンが、ホテルの玄関《エントランス》へ歩きだす。

「まあ五人分のチケットなら、そこまで心配する必要もないか」

「――ちょい待った。チケットは六人分ね？」

玄関《エントランス》の扉《とびら》が開く。

そこに待ち構えていた人物を一目見て、先頭のジンはもちろんイスカさえ反射的に足を止めていた。

「……璃洒《リシャ》さん？」

「おはよーイスカっち。それにミスミスも音々たんも」

璃洒・イン・エンパイア。

ほがらかな笑顔《えがお》で手を振ってきたのは、天帝の参謀《さんぼう》にあたる使徒聖だった。

「やあ王女様」

「……あなた⁉」

シスベルがびくっと跳《と》び退《の》く。

この璃洒こそ、天帝とともに燐を連れ去った片割れだ。シスベルにとっては憎《にく》き帝国人《ていこく》という認識《にんしき》しかないだろう。

「どういうことですか！　あなた、燐を連れ去って天帝と一緒に――――」

「あー、ちょっとお待ちをシスベル王女」

璃洒が唇《くちびる》に手をあてる。

しーっ、と制止を促《うなが》す仕草でもって。

「ここは帝国領。ホテルのロビーにもほら、あそこに警備員がいるわけですし。皇庁人のあなたが騒《さわ》ぐのは都合が悪いのでは？」

「……くっ！」

「まあ悪い話じゃないんですよ。ねえミスミス」

「へ？」

前触《まえぶ》れのない璃洒の名指しに、ミスミス隊長が慌てて顔を上げた。

「ど、どういうこと璃洒ちゃん⁉　帝都《ていと》で待ってるって話だったんじゃ……」

「付き添い《アテンダント》よん」

クスッと笑みながら、璃洒が眼鏡を外してみせた。

その丁番《ヒンジ》に指をひっかけてクルクルと回しつつ、第九〇七部隊《イスカたち》、そしてシスベルを順に見回して。

「天帝陛下からのお達しなの。みんなを帝都までエスコートしてあげなってね」

使徒聖の第五席は、そう宣言した。

Intermission『燐《リン》の大誤算』

天主府。

帝都の最奥《さいおう》にひっそりと佇《たたず》む四重の塔《ビル》。その最上部にある、藺草《いぐさ》と呼ばれる草の香りが満ちる間《ま》で——

「どうしたんだい魔女《まじょ》？　ずいぶんと顔色が悪いじゃないか」

「……ぐぅっ……！」

天帝ユンメルンゲンの、囁《ささや》くような笑い声。

その見下した声に反論する力もなく、燐は、膝《ひざ》をついて荒々《あらあら》しく肩《かた》を上下させていた。

「……そん……なっ……」

唇を噛《か》みしめる燐。

その額から汗《あせ》が止《と》めどなく噴《ふ》きだして、顎先《あごさき》から滴《したた》り落《お》ちていく。

「……貴様……ここまで強いのか……！」

「拍子抜《ひょうしぬ》けだね魔女」

銀色の尻尾《しっぽ》を揺《ゆ》らす獣人《じゅうじん》の、冷たい声音《こわね》。

そして嘆息《たんそく》。

失望したという蔑《さげす》みの感情を隠《かく》しもせず、その手を勢いよく振り下ろした。

「情けをかける価値さえない。終わりにしてあげよう」

「っ！　ま、待っ――」

「はい王手」

「うわぁぁぁぁぁぁあっっっ！」

倒《たお》れ伏《ふ》す燐。

そんな燐の前には、戦棋《せんぎ》と呼ばれる盤上遊戯《ボードゲーム》の盤《ばん》が置かれていた。

「勝負ありだねぇ」

燐側の陣営《じんえい》にあった「王」の駒《こま》を、天帝が鋭《するど》い爪《つめ》でひっくり返す。

「はいメルンの勝ち。これで十七連勝だっけ？　もっと粘《ねば》ってほしいところだね」

「ぐっ、まだまだ！」

燐が勢いよく跳《は》ね起《お》きた。

盤上の駒を握《にぎ》りしめ、それを片《かた》っ端《ぱし》から初期位置に戻していく。

「もう一度だもう一度！」

「お？　思ったより根性《こんじょう》あるじゃないか魔女。けれど実力差は圧倒的《あっとうてき》。無策ではメルンに勝てないよ」

「抜《ぬ》かせ、次こそは貴様の泣《な》きっ面《つら》を……って、違《ちが》うだろうが！」

燐が、畳《たたみ》を思いきり踏《ふ》みつけた。

「ついつい場の空気に呑《の》まれてしまったが、いったいこれはどういうことだ！」

「ん？」

「私とお前の決闘《けっとう》。そのはずではなかったのか！」

燐が指さしたのは、床《ゆか》に転がっている自分のナイフである。

数時間前に勢いよく引き抜いたはいいものの、結局何一つ使う場面がなく放りっぱなしになっている。

「なにが『全力でかかってくるといいよ』だ。私にとっては必死の勝負だと。お前に勝てたら帝都から無条件で解放するとお前は言ったな！」

「もちろんこの盤遊戯《ボードゲーム》で」

「まぎらわしい⁉」

「何だ。まさかメルンとの『戦い』が荒《あら》くれ事だと思ったのかい？」

銀色の獣人がナイフを拾い上げた。

皇庁《おうちょう》製の刃《やいば》をしげしげと観察するように見つめながら。

「あいにくとメルンの護衛たちはみんな留守さ。お前と決闘どころじゃない」

「…………」

その一言に。

燐は、ごく僅《わず》かに目を鋭く細めていた。

「……おい化け物。お前のいう護衛とは、使徒聖のことか？」

「そうだよ。皇庁を襲撃《しゅうげき》した時に負傷してね」

「っ！」

畳をへし折る勢いで、燐は猛烈《もうれつ》な勢いで床を蹴《け》った。

天帝ユンメルンゲンの懐《ふところ》へ。

その喉元《のどもと》に、新たに引き抜いたナイフの切っ先を突《つ》きつける。

「自覚はあるようだな……そうだ、貴様があの帝国軍を我が国に向かわせた首魁《しゅかい》だろう！

あの戦いでどれだけの同胞《どうほう》が傷ついたと思っている。我が女王も！」

「――――」

「どうした、何か言いたいことがあるなら言ってみろ！」

「それはメルンの意思じゃない」

「……なに⁉」

突きつけるナイフの切っ先が、震《ふる》えた。

「とぼけるな！　お前以外の誰《だれ》が使徒聖に命じられるというのだ！」

「八大使徒」

「？」

「ま。言ってもわからないよね。お前には」

天帝《てんてい》を名乗る獣人が大あくび。

首にナイフを突きつけられているにもかかわらず、だ。

「八大使徒《あいつら》は表に出てこない。皇庁じゃ知られていないのも無理はない」

「……何を言っている」

「すぐにわかるよ」

そしてゴロンと畳に横たわる。

隙《すき》だらけ。あまりに敵意のない所作に、ナイフを突きつけていた燐の方が呆気《あっけ》にとられてしまったほどだ。

「お前を人質《ひとじち》にしたのもその為《ため》さ。もうすぐ第三王女シスベルがやってくる。あの魔女の力があれば何もかもが解明できる」

「?……どういう意味だ」

天帝の言葉に、燐は無意識のうちに眉《まゆ》をひそめていた。

わずかな差違《さい》。

今まで暢気《のんき》で人なつこかった天帝の声色《こわいろ》に、一瞬《いっしゅん》、冷たいものを感じたのだ。

怒《いか》りにも似た感情を――

「確かめたいことがある」

横たわる獣人が、自らの顔に手をあてた。

「百年前のね。メルンをこんな姿にした連中を炙り出したいのさ」

Chapter.2 『ひび割れる楽園』

1

太陽の塔《とう》——

ネビュリス三王家の一つ「ヒュドラ」の王宮。

その上層階。

夜景をはるか高みから一望できるバルコニーに、煌《きら》びやかな光に照らしだされる美男と美女の姿があった。

「こんばんは叔父《おじ》さま、遅《おそ》くなりました」

「時間どおりだよミズィ。珍《めずら》しいね、君の方から一緒《いっしょ》に夕食をだなんて」

バルコニーに調《ととの》えられた会食の場。

真白いテーブルクロスの上には、二人分の食器が並べてある。

「ちょうど良かった。私としても相談事があったからね」

にこやかに少女を出迎《でむか》えたのは、筋骨逞《きんこつたくま》しい壮年《そうねん》の男だ。

ヒュドラ家当主『波濤《はとう》』のタリスマン。

彫《ほ》りの深い目鼻立ちに、鈍《にぶ》い銀髪《ぎんぱつ》を清潔にまとめた姿は齢《よわい》四十にしてますます麗《うるわ》しい。象徴《しょうちょう》ともいえる純白のスーツを着こなす姿は、あたかも舞台《ぶたい》に上がった映画俳優さながらに洗練されている。

「まずは掛《か》けてくれたまえ」

「では……失礼しますわ」

クスッと微笑《ほほえ》んで。

大人びた少女が、テーブルを挟《はさ》んでタリスマンの向かいに腰掛《こしか》けた。

——ミゼルヒビィ・ヒュドラ・ネビュリス9世。

目が覚めるような青き瑠璃《るり》色の髪《かみ》をした少女だ。

タリスマンの姪《めい》としてヒュドラ家次期当主の座が約束された王女であり、女王聖別儀礼《コンクラーヴェ》でヒュドラ家が擁立《ようりつ》する女王候補者だ。

「ところでミズィ、食前酒だが」

「ごめんなさい叔父さま、まだ私、十七ですわ」

「おっと失敬。そうだったね」

ミゼルヒビィの愛らしい指摘《してき》に、にこやかに応じるタリスマン。

「ではリンゴ果汁《かじゅう》の炭酸割りを用意させよう。ラ・カルテ、メルヒェン、アルスブーニュ、最高級リンゴの中でも芳醇《ほうじゅん》な香りの三種を選び、ブレンドしたものだ。ノンアルコールとは思えない香りの一品だよ」

タリスマンが指を打ち鳴らす。

背後の給仕《きゅうじ》が、バルコニーから去っていくのを見送って。

「さて、叔父さまに残念なお知らせがありますわ。食事を楽しむ前に」

「シスベル君のことかな」

「あらご存じでしたの？」

当主の即答《そくとう》に、ミゼルヒビィが意外そうに瞬《まばた》き。

「今度ばかりは私が早くお伝えできたと思ってましたのに」

「報告があったわけではないさ。ただ、シスベル君を預けた先から連絡《れんらく》が十二時間以上も途絶《とだ》えている。つまりは『そういうこと』なんだろうと思ってね」

第三王女シスベルが奪《うば》い返《かえ》された。

わざわざ皇庁《おうちょう》から運びだして帝国《ていこく》の星霊《せいれい》研究所に預けたが、まさか、わずか数日のうちに奪い返されるとは。

「シスベル君が皇庁に戻《もど》ろうものならヒュドラ家《われわれ》は壊滅《かいめつ》だ。私は処刑《しょけい》で、君や従者たちも一生牢獄《ろうごく》暮らしというのは免《まぬが》れまい」

「……申し訳ありません」

ミゼルヒビィが肩《かた》をふるわせた。

つぶらで愛《いと》しい瞳《ひとみ》に、抑《おさ》えきれぬ激情の片鱗《へんりん》を滲《にじ》ませながら。

「……私が『グレゴリオ秘文』を奪われることさえなければ」

「シスベル君には、できることなら帝国に留《とど》まってもらいたいものだね。皇庁に戻ることさえ阻止《そし》できればどうとでもなる」

女王暗殺計画の黒幕がヒュドラ家である。

その決定的な証拠《しょうこ》さえ女王に摑《つか》ませなければ、女王聖別儀礼《コンクラーヴェ》におけるヒュドラ家の優位は揺《ゆ》るがない。

「ルゥ家は、女王の求心力が落ちた現状では女王聖別儀礼《コンクラーヴェ》での勝利は難しい。ゾア家も、当主グロウリィ卿《きょう》が帝国に捕《つか》まってしまったわけだからね」

星《ルゥ》も月《ゾア》も墜《お》ちた。

皇庁という国は、太陽《ヒュドラ》が昇《のぼ》るのを望んでいる。

「女王聖別儀礼《コンクラーヴェ》が終わるまではシスベル君を帝国に縛《しば》りつけたいね。ミズィ、君が女王になりさえすれば後はどうとでも揉《も》み消《け》せる」

「はい叔父さま。でもシスベルが帝国にいる間、その監視《かんし》はどうします？」

「八大使徒に任せるさ」

「……っ」

ミゼルヒビィが目を細めた。

当主タリスマンが発した名は、太陽《ヒュドラ》においても最重要機密として厳重に取《と》り扱《あつか》われている情報だからだ。

——共謀《きょうぼう》相手。

ここ皇庁では、星霊使いへの人体実験は倫理《りんり》上禁止されている。

帝国は違《ちが》う。

八大使徒が秘密裏《ひみつり》に進めている「魔女《まじょ》化」の研究は、ヒュドラ家が喉《のど》から手が出るほど欲《ほ》しいものだ。

ゆえに両者は手を組んだ。

「シスベル君を逃《のが》したのは狂科学者《ケルヴィナ》の失態だ。部下の失態を償《つぐな》うのは上司の役目。だからこそ八大使徒には気を吐《は》いてもらわねばね」

運ばれてくる食前酒。

当主タリスマンには発泡性《はっぽう》ワイン。そのグラスに浮《う》かぶ気泡《きほう》を見つめながら——

「彼らはイリーティア君の監視をしている。そこにシスベル君を一人、監視下に加えてもらうだけでいい」

「……お言葉ですが、当主」

いつの間に現れたのか。

耳に大きなピアスをつけた赤毛の少女が、バルコニーの手すりの前に立っていた。

魔女ヴィソワーズ。

八大使徒の「魔女化」研究の被検体《ひけんたい》として推薦《すいせん》され、狂科学者《ケルヴィナ》の施術《しじゅつ》によって人外へと生まれ変わった少女だ。

「やあヴィソワーズ君。見回りご苦労だった」

ワイングラスを掲《かか》げる当主《タリスマン》。

「君も何か飲むかね？」

「……あー。じゃあ水をお願いします。あたしの身体《からだ》、それ以外は受け付けないんで」

真顔で応じるヴィソワーズ。

バルコニーの端《はし》で、手すりに寄りかかりながら。

「当主」

「何だね」

「あたしの戯《ざ》れ言《ごと》と思って頂いても構いません。ですが今の話……制御《せいぎょ》し損《そこ》ねる可能性も、どうかご配慮《はいりょ》を。いずれ手に負えなくなるかも」

「八大使徒かね？」

「いえ」

「シスベル君を？」

「……ルゥ家の王女イリーティアです」

そう答える魔女の声には、当主《タリスマン》をして計りかねるほどの数多《あまた》の感情が渦巻《うずま》いていた。

焦燥《しょうそう》。恐怖《きょうふ》。怒り。困惑《こんわく》。

さらには羨望《せんぼう》――

「あたしもう一月以上水しか飲んでないし。っていうかこの人間の姿でいる方が段々辛《つら》くなってきてますし。人間やめてる自覚はあります。……で、そのあたしだからこそわかるっていうか、感じとれるものがありまして」

「ふむ？」

「あの女はもう、人間じゃないとかいう次元じゃないですよ」

「イリーティア君がかね？」

「狂科学者《ケルヴィナ》があたしに投与《とうよ》した『アレ』の成分は濃度《のうど》〇・〇〇二パーセント。それだけであたしは魔女化した。でも、あの女が投与を望んだものは濃度五十一パーセント」

「ふむ」

「わかりますか当主？　あの女はもう半分以上『アレ』に浸食《しんしょく》されている。その上で自《じ》我《が》を保っているからバケモノなんです」

第一王女イリーティア。

史上もっとも弱い純血種と家臣から揶揄《やゆ》されていた王女は、自ら皇庁を抜《ぬ》けだした。

八大使徒へと接触《せっしょく》し、禁断の人体実験に自ら志願したのだ。

その結果は「失敗」。

ただし――

狂科学者《ケルヴィナ》にも八大使徒にも制御不能という意味での失敗だ。

〝私てっきり自分が『処分』されるかと思い込んでおりました〟

〝ケルヴィナ主任ったら、毎日毎日、私の星体データを採って頭を掻《か》きむしっておられましたから。アレとの親和率が高すぎると〟

「……ってわけで」

目を細めるヴィソワーズ。

「そろそろ処断した方がいいかなーって。ヒュドラ家《われわれ》としても、もうあの女の使いどころもないでしょう？」

太陽《ヒュドラ》がイリーティアと組んだのは、互《たが》いの目的が「一部」合致《がっち》していたからだ。

その「一部」とはシスベルの強奪《ごうだつ》。

イリーティアが妹の居場所をヒュドラ家に伝え、そのヒュドラ家がシスベルを連れ去るという協力関係。

それは既《すで》に解消された。

「あの女も根っこはルゥ家。ヒュドラ家《われわれ》を良く思っていないのは確かでしょうし、いずれ裏切るかも。余計な種をまき散らす前に刈《か》り取るべきかなーって？」

「進言に感謝するよヴィソワーズ君」

ヒュドラ家の当主が、穏《おだ》やかな笑顔《えがお》で頷《うなず》いた。

「ちなみに、その意図ならばとっくに八大使徒に伝えてあるよ。常に監視し、制御しかねるようなら消去するようにと」

「……なんだ、既に手配済みでしたか」

「シスベル君もね。彼女には利用価値があるからできれば残しておきたいけれど、噛《か》みつくようであれば話は別だ。どうかねミズィ？」

「まったく異論ありませんわ」

ミゼルヒビィの微笑《びしょう》。

リンゴ果汁の注《つ》がれたグラスに、艶《つや》やかな唇《くちびる》をそっとあてて。

「私にとってもルゥ家の三姉妹《しまい》は女王聖別儀礼《コンクラーヴェ》の障害です。ただ……」

「含《ふく》みがあるね」

「面倒《めんどう》なのはアリスですわ。ヒュドラ家《われわれ》が長女《イリーティア》と三女《シスベル》を手に掛《か》けたと知れば、どんな報復をしてくるやら。女王が負傷したことを理由に、彼女、女王代理だなんて格好つけてるみたいですし。表向きはまだ協力体制で――」

ぴたりと止《や》む言葉。

ミゼルヒビィが艶やかな口元を引《ひ》き締《し》めて、タリスマンが眉《まゆ》をわずかにつり上げる。

そして何処《どこ》へともなく姿を消すヴィソワーズ。

静まりかえったバルコニーに響《ひび》いたのは、来客を示す小さな鈴《すず》の音だ。

「当主様」

黒スーツで身を固めた若い青年が、一礼。

「客人です。いかがいたしましょう」

「ご退席願おう。この楽しい夕べに、面談予約《アポイントメント》もなくやってくる者に興味はないよ……が、念のためだ。その無粋《ぶすい》な者の名だけは聞いておこうか」

「仮面卿《かめんきょう》です」

「………………」

タリスマンの口から漏《も》れる、かすかな嘆息《たんそく》。

「何を企《たくら》んでいるのかね。月《ゾア》の当主代理は」

空よりも青い地下――

ネビュリス王宮、隔離《かくり》区画。

天然の鍾乳洞《しょうにゅうどう》を利用した巨大《きょだい》な地下通路に、水の跳《は》ねる音がこだまする。

「タリスマン卿、わざわざ済まないね」

青の地底湖。

そこに響きわたったのは、金属製の仮面をつけた男の朗《ほが》らかな声だった。

「なにせ夕食時だろう？　私としてはささやかな情報提供で済ませるつもりだったのだが。まさかご足労頂けるとはね」

「なに、まったく差《さ》し支《つか》えないよ」

コツッ。

地底湖の水面を渡《わた》る橋に、続けて響く二つの足音。

王女ミゼルヒビィを従えて、当主タリスマンが仮面卿の前まで歩いて行く。

「お久しぶりです仮面卿」

「やあミゼルヒビィ君。君まで来てくれたのか」

「あら水くさい。ミズィで結構ですわ」

仮面卿に一礼するミゼルヒビィが、瑠璃《るり》色の前髪《まえがみ》をそっと払《はら》う。

そのまなざしの先には——

巨大なガラスの棺《ひつぎ》。

棺の中には、わずか十三、四であろう少女が昏々《こんこん》と眠《ねむ》り続けていた。

赤銅《しゃくどう》色に日焼けした肌《はだ》に、ウェーブがかかった真珠《しんじゅ》色の髪《かみ》。眠りについた相貌《そうぼう》はまだ幼く、愛らしくもある。

「……始祖様」

ミゼルヒビィがまなざしを細める。

ひび割れた棺。

女王の徴《しるし》の金属錠《じょう》によって決して開けられないようになっているのに、棺そのものが今にもバラバラに砕《くだ》けそうになっている。

「ご覧のとおりさ。太陽《ヒュドラ》のお二方」

肩《かた》をすくめてみせる仮面卿。

その口元に、隠《かく》しきれぬ歓喜《かんき》の笑《え》みを浮かべながら。

「始祖様が目覚めようとしている」

「目覚めさせようとしている、ではないかな」

「とんでもないタリスマン卿。いや、もちろん血族会議でそう主張したのが月《ゾア》であるのは事実だが、これは始祖様ご自身の意思だよ」

月《ゾア》の当主代理と、太陽《ヒュドラ》の当主。

どちらも上背が百八十を超《こ》える偉丈夫《いじょうふ》だ。ガラスの棺を挟《はさ》んで向かいあうだけで迫力《はくりょく》がある。

「どうだいタリスマン卿？　始祖様が目覚めれば、帝国《ていこく》との全面戦争も怯《ひる》む理由がない。帝国軍に連れ去られた月《ゾア》の当主グロウリィの奪還《だっかん》も時間の問題だ」

「…………」

「ああ、それともう一つ。大事なことを忘れていた」

ぽんと手を打つ仮面卿。

演技口調。

誰《だれ》が見ても三文芝居《しばい》であろう、見え見えの口ぶりと仕草で。

「月《ゾア》の当主グロウリィが帝国に捕《つか》まっている。ということは裏を返せば、当主は裏切り者の顔を見ているはずなんだ。帝国軍と繋《つな》がっている裏切り者の顔を」

「ふむ？」

「始祖様が目覚める。始祖様が目覚めれば帝国との全面戦争ができる。そうすれば帝国に捕まった捕虜《ほりょ》を次々と奪還できる。結果、裏切り者が誰かもわかるだろう」

「なるほど。それは吉報《きっぽう》だ」

当主タリスマンが、そのまなざしを隣《となり》の王女へ。

「太陽《ヒュドラ》としてもそう願っているよ。まあ、そう上手《うま》くいくかはわからないが。とはいえ、始祖様の目覚めが近いという情報提供には感謝する」

「覚悟しておきたまえ——と、言いたいね。帝国軍と取引したであろう何者かに」

「…………」

「始祖様の目覚めは近い。眠れぬ夜を震《ふる》えて過ごすがいいと」

「まったくだ。ではそろそろ失礼するよ」

ミゼルヒビィに小さく頷くや、当主タリスマンが踵《きびす》を返《かえ》した。

仮面卿に背を向けて。

「失礼しますわ仮面卿。よい夜を」

「ああミズィ君。タリスマン卿も。よい夜を」

にこやかに頷く月《ゾア》の当主代理。

去っていく二人が見えなくなるまで、見送って。

「——わかっているだろう。太陽とて必ず沈《しず》む。夜に太陽は輝《かがや》けないのだよ」

押し殺したその呟《つぶや》きは、青の地底湖にこだました。

2

朝七時。

極東アルトリア管轄《かんかつ》区の中心部にある主要駅《ターミナル》は、旅行客も、そしてビジネスマンの姿もまばらだった。

広大な帝国領のほぼ東端《とうたん》。

この駅から帝都《ていと》まで、特急車両を使ってもほぼ一日がかりの旅になる。

「……逆に言えば、俺らは明日には帝都に戻《もど》ってるってことだ」

溜息《ためいき》を一つこぼして、ジンがベンチに腰掛《こしか》けた。

「妙《みょう》な感じだな。あまりに遠出しすぎて古巣に戻るって気がしねぇよ」

「音々《ネネ》も。帝都に戻ってくるのほぼ一月ぶりだもんね」

隣に座る音々も、どこか複雑そうな口ぶりだ。

思えば、だいぶ前のこと。

帝国司令部からこう命令されたのが、すべての発端《ほったん》だ。

〝第九〇七部隊、六十日間の特別休暇《きゅうか》を命じます〟

〝一番いいのは遠出ですね。帝国の周辺同盟国で静養されるのはいかがでしょう〟

まずは独立国家アルサミラへ。

そこでシスベルと出会って、護衛を頼《たの》まれてなかば強制的に皇庁へ。

その皇庁でも紛争《ふんそう》に巻きこまれて死線をくぐり抜《ぬ》け……ようやく帝都目前だ。

「……それらしい事件は載《の》ってねぇな」

「あれ？　ジン兄ちゃん、なに読んでるの？」

「朝刊だよ。お前が朝飯のパンを買った売店で売ってただろうが」

音々が覗《のぞ》きこんだのは、ジンが読んでいる新聞の朝刊だ。

帝国内の報道《ニュース》に目を通して。

「……シスベルさんが捕まってた実験所のこと？」

「ああ。廃屋《はいおく》とはいえ、あんな強烈《きょうれつ》な星霊《せいれい》エネルギーが空に噴《ふ》きだしたんだから、目撃《もくげき》者も数百人単位でいたはずなんだがな——イスカ」

新聞を丸めて宙へ。

放り投げられた新聞にイスカも目を通してみるが、シスベルが拘束《こうそく》されていた研究所の事件は載っていない。

……あの廃屋が、違法《いほう》の星霊研究所だったたって話さえない。

……魔天使《まてんし》ケルヴィナとの戦いで、凄《すさ》まじい星霊エネルギーが外に噴きだしたのに。

知られていない？

いや目撃者も間違《まちが》いなくいただろう。その目撃者を通じて帝国軍にも当然連絡《れんらく》がいったはずだが。

「璃洒《リシャ》さん」

「んー？　どうしたのイスカっち」

使徒聖の第五席が振《ふ》り向《む》いた。

実に白々しい反応だが、今までの会話も当然聞いていたに違《ちが》いない。

「この事件、司令部がまだ隠してるんですね」

「ああ昨日のアレ？　もちろん公式発表するわよん。ただし司令部の事後調査が終わってからね」

やれやれと肩をすくめてみせる。

「イスカっちはまだ怪《あや》しんでるだろうけど、あの研究所、帝国司令部はまるで関与《かんよ》してないのよねー。帝国軍はまるで無関係。だからいろいろ調査をしなきゃいけないのよ。誰が黒幕なのかなって」

「………………」

「おや信じられない？」

「璃洒さんの言うことを信じないわけじゃないんですが、正直、あまりに想像外の出来事が多すぎて……」

「だから僕も、何を信じたらいいか整理しきれてないんです」

魔女の、生まれる、地。

狂《きょう》科学者ケルヴィナは、あの星霊研究所をそう呼んでいた。


〝ここは『魔女《まじょ》を生みだす地』だよ。私はこの地で、星の真実を追究してきた〟

〝ヴィソワーズはとてもいい被検体《ひけんたい》だよ〟

〝仮名称《かりめいしょう》『カタリスクの獣《けもの》』。ご覧のとおりの人造星霊。帝国軍のあらゆる兵器の次世代動力源《エネルギー》となる〟


魔女ヴィソワーズはあの研究所で生まれた。

それだけではない。独立国家アルサミラで戦った、殲滅物体《オブジェクト》の中にいたモノが人造星霊なるものだとも判明したのだ。

「璃洒さん、……あの研究者は、あそこで開発されていた怪物《かいぶつ》が、帝国軍で使われることになるだろうって話をしてました。僕はそれを確かに聞いた」

「ふむ?」

「ほほう?」

「それでも司令部は関与してないと？」

「関与してないんだよねぇ。ウチも天帝陛下《てんていへいか》も、司令部の誰一人《ひとり》としてね」

璃洒がクスッと微苦笑《びくしょう》。

そのまなざしを糸のように細くして。

「言いたいことわかるわよん。じゃあ誰なんだって話になるよね？　で、正直に話すけどウチも知らないの」

「……え？」

「正確には確証がないの。十中八九わかってるんだけど、中々尻尾《しっぽ》を出さないからねぇ。だから渡《わた》りに船だったわけ。ちょうど良《い》い魔女……っと、星霊使いが我が国《くに》に来てるじゃないってね」

璃洒が片目をつむって器用にウィンク。

その愛嬌《あいきょう》が向けられたのはイスカではなく、後ろにぴったりと寄《よ》り添《そ》っている――

「ね？　シスベル王女？」

「…………」

「シスベル王女？」

「……知ったことではありませんわ」

腕組《うでぐ》みするシスベルがそっぽを向いてしまった。

眉《まゆ》をひそめ、口元を引《ひ》き締《し》め、璃洒とだけは意地でも視線を合わせようとしない。なんとも露骨《ろこつ》な無愛想ぶりだ。

「わたくしは逃《に》げも隠《かく》れもしませんわ。今も、帝都に向かうために主要駅《ターミナル》に来たわけです」

「はい。天帝陛下もお待ちになっておりますよ」

「そう、それですわ！」

シスベルが指を突《つ》きつける。

天帝参謀《さんぼう》に指さし——もしもこれをやったのが帝国軍の一兵士なら、即日《そくじつ》のうちに懲《ちょう》戒《かい》処分が下るだろう。それほどの挑発行為《ちょうはつこうい》ではあるのだが、当のシスベルは、「天帝参謀」の肩書《かたが》きを恐《おそ》れるそぶりはない。

なにせ皇庁の王女である。

「わたくしが帝都に向かうと言っている。なのに、なぜあなたがここで待《ま》ち伏《ぶ》せしていたのです。おとなしく帝都で待ち構えているのが筋でしょう？」

「あはは、誤解ですよシスベル王女」

暢気《のんき》な口ぶりの璃洒。

「先ほどもホテルでお伝えしたじゃあないですか。ウチは付き添い《アテンダント》ですよん。天帝陛下の温かいお心遣《こころづか》いで……」

「監視《かんし》ですか？」

「いいえ違います」

「監視ですね？」

「だから違いますってば」

ちなみに、このやり取りはホテルから数えて実に四度目だ。

突然《とつぜん》現れた璃洒に対し、シスベルはまだ警戒《けいかい》と敵意のどちらも緩《ゆる》めていない。

……まあシスベルの立場なら当然だよな。

……天帝と一緒《いっしょ》に燐《リン》を捕《と》らえた張本人なんだから。

さらに言えば、燐を拘束した星霊術の「糸」はシスベルを狙《ねら》って放たれた。燐が庇《かば》っていなければ捕《つか》まっていたのはシスベルだったはず。

「璃洒と言いましたね」

使徒聖を見上げる、魔女の姫《ひめ》。

「あなたを信用する気はありません。わたくしは、その気になればあなたの過去をすべて辿《たど》ることもできます。少しでも怪しい真似《まね》をすれば――」

「お？　ミスミスこっちこっちー」

「話を聞きなさいっ⁉」

「いやー。だってシスベル王女の話長いんですもの。あと大丈夫《だいじょうぶ》ですってば。ほら見て。ウチってばミスミスともこんなに仲良しなんですよん？」

列車の乗車券を買ってきたミスミス隊長。

その両肩《りょうかた》にぽんと手を乗せて、璃洒がミスミスの頭をなで始めた。

「ねーミスミス、一つお願いがあるのよね」

「なに？」

「お金貸して」

「お金っ⁉」

撫《な》でられていたミスミス隊長が、ビクッと凍《こお》りついた。

「な、なに言ってるの璃洒ちゃん⁉　いくら仲良くてもお金の貸し借りはだめだよ。帝国《ていこく》軍の規律にも書いてあるし……っていうか使徒聖なんだから璃洒ちゃんの方がお給料ずっといいでしょ！」

「いやー、ところがウチ、そもそも財布《さいふ》さえ持ってないのよ」

ミスミスの頭を撫で続けながらも、璃洒が見つめる先はシスベルだ。

訝《いぶか》しげな表情の王女に向けて。

「昨日のことですけど、ほら天帝陛下が消えたでしょ？　あの時にウチも一緒に帝都《ていと》まで戻《もど》るはずだったんですよ」

「……ええ。だからこそ、なぜここにいるのか怪しんでいるのです」

「あの転移、最大二人だったらしくて」

「？」

「行きは天帝陛下とウチ。でも帰りは天帝陛下と人質《ひとじち》で二人分。だからウチだけあの場に置いてけぼりだったんですよ。いやー、ウチも驚《おどろ》きましたわ」

燐を連れて消えた天帝。

実はあの場に、璃洒だけは取り残されていたらしい。

「へ？　じゃあ璃洒ちゃん、もしや付き添《アテンダント》いって本当だったの？　監視じゃなくて？」

「もちろん。アタシがミスミスに嘘《うそ》をつくわけないでしょ」

にこやかに頷《うなず》く璃洒。

「ウチも大変だったのよ。本当はシスベル王女を連れてすぐ帝都に戻るつもりだったから、財布も何も持ってきてないし。ご飯どころかジュース一本も買えなくて」

「……あー。それでアタシにお金を貸してと」

「そそ。だからミスミスにお金貸してもらえないとウチが大変なの。あ、でもお金の貸し借りは帝国軍の規律違反《いはん》よね。ならクレジットカード一枚ちょうだい」

「ちょうだい⁉」

「へーきへーき。後で倍にしてあげるってば」

ミスミスの財布からクレジットカードを引き抜《ぬ》く璃洒。

それをしっかり懐《ふところ》に収めつつ。

「あー、そういえばミスミスが予約してくれた特急チケット、普通《ふつう》席よね。せっかくだし個室仕様の特上シートにしましょうか」

「……アタシのカード払《ばら》いで？」

「あとで天帝陛下に請求《せいきゅう》していいわよ」

「怖《こわ》すぎるよ⁉」

「だーいじょうぶよん。ミスミスは可愛《かわい》いから、天帝陛下も小動物《ペット》感覚で優《やさ》しくしてくれるってば。ほらこんな風にぎゅーって」

璃洒が、ミスミスに後ろから抱《だ》きついた。

「あー……癒《い》やされる。小さくてふわふわしてて、シャンプーのいい匂《にお》い」

「アタシは癒やされてないよ⁉」

「ま、それはそれとしてよ」

抱きしめて離《はな》さない璃洒の目が、ミスミスの左肩《ひだりかた》へ。

「……ふーん」

「どうしたの璃洒ちゃん？」

「いやぁちょっと気になったのよ」

すっ、と。

璃洒の左手が、ミスミスの左肩をさするように撫で回《まわ》した。

「いいシールね。駅の改札でも、星霊《せいれい》エネルギー検出器にも引っかからなかったし」

「〜〜〜っ⁉」

その囁《ささや》きに、ミスミスの小柄《こがら》な身体《からだ》がビクッと震《ふる》えた。

なぜ、それを知っている。

イスカが思わず息を呑《の》み、音々が目を見開き、シールを与《あた》えた側のシスベルにいたっては開いた口がふさがらない驚きようだ。

唯一《ゆいいつ》――

「お見通しってわけか」

ジンだけが真顔を保ち、押し殺した声でそう口にした。

「だが理解できねぇな。隊長《ボス》の星紋《ソレ》を知ってるなら、なぜ俺たちを帝国の外に出した？ わざわざ六十日の特別休暇《きゅうか》だなんて用意してまで」

「大した話じゃないのよジンジン」

ジンに向けて璃洒がウインク。

「だってミスミスが魔女《まじょ》になったのってミュドル峡谷《きょうこく》でしょ？ それなら派遣《はけん》を命令したウチにも責任あるし」

「それもお見通しか」

「もちろん。どうせミスミスが転んで星脈噴出泉《ボルテックス》に落ちたんでしょ」

「違《ちが》うよ⁉」

「あら違うの？」

ミスミスの返事に、璃洒がきょとんと首を傾《かし》げた。

「ウチ、てっきりミスミスが石にでもつまずいて星脈噴出泉《ボルテックス》に落ちたのかと」

「蹴《け》り落とされたの！ 敵のボスに！」

「あはは、そりゃ失敬。じゃあ労災ね。請求したら労災手当でるかも？」

抱きしめていたミスミスを離した璃洒が、愉快《ゆかい》そうに肩《かた》をふるわせる。

早朝の駅構内。

まわりに人影《ひとかげ》がないことを確かめて――

「これは内緒話《ないしょばなし》だけど、ミスミスみたいな例も過去に数件あるのよね」

「……へ？」

「星脈噴出泉《ボルテックス》を見つけるごとに帝国と皇庁は奪《うば》い合《あ》いをしてるわけ。その星霊エネルギーを浴びた帝国兵が、ごく稀《まれ》に魔女化しちゃうことはゼロじゃないの。ほら、魔女化するかどうかって個人差だし。帝国としても防ぎようがないのよね」

魔女化の条件はいまだわかっていない。

星脈噴出泉《ボルテックス》に落ちてもイスカは影響《えいきょう》なし。だがミスミス隊長は魔女化した。長き戦争で、そうした事態は過去にもあったのだ。

「……あ、あの璃洒さん！」

音々が手を挙げた。

「璃洒さんが言ったように、隊長がこうなっちゃったのは不可抗力《ふかこうりょく》なんです！　あの……その、だから……」

「どうか寛大《かんだい》な対応をって？　まあ大丈夫じゃない？　表だっては発表できないけど、ミスミスみたいに『魔女化した帝国兵』ってスパイに使えるのよ。なにせ本物の魔女だから堂々と皇庁に忍《しの》びこめるし」

「――あなたも、そうですか」

強い疑念を帯びた声。

それは、じっと口をつぐんでいた王女《シスベル》のものだった。

「璃洒とやら」

「ん？　何がですかシスベル王女」

「あなたも魔女なのかと聞いているのです。わたくしやミスミス隊長と同じように」

使徒聖を睨《にら》みつけるシスベル。

強い不信の感情を滲《にじ》ませて、璃洒としばし無言で向かい合う。

……シスベルが気にするのも当然だ。

……僕だってそれは引っかかってた。ミスミス隊長も、ジンも音々も。

燐を捕らえた星霊術の糸。

それは間違《まちが》いなく璃洒が放ったものだった。それを璃洒本人が認めている。

〝璃洒ちゃん、その光ってまさか……〟

〝ああこれ？　うん、星霊術よん。帝国軍の他のには秘密にしといてね〟

イスカも、聞きだすタイミングは常に窺《うかが》っていた。

結果、シスベルが先に動いた形だ。

「あなたは自分が監視《かんし》ではないと言いました。ただの付き添《アテンダント》いだと。ならば付き添《アテンダント》いとして素性《すじょう》を明かすべきでしょう」

「ウチの？」

「そうです。あなたは皇庁の民《たみ》ですか」

「いやいや、ウチは生まれも育ちも帝国人ですよん。ミスミスと同じでね」

璃洒が肩をすくめてみせる。

眉《まゆ》をひそめるシスベルとは対照的に、実にあっけらかんとした口ぶりで。

「星霊術が使えるのは、ただのオマケですよん」

「そのオマケとやらの正体を聞いているのです。誤魔化《ごまか》さないで。何ならわたくしの星霊で、あなたの過去を裸《はだか》同然に曝《さら》けだしてあげましょうか」

「………」

「どうしました？」

「いえ、ね。その話をしてもいいけど、さすがに公衆の面前ではね」

璃洒が「しーっ」と唇《くちびる》に指をそえて苦笑い。

「ちゃんと個室も用意しましたし。そこで話しましょ？」

「……二言はありませんね」

「もちろんです。こう見えて私、生涯嘘《しょうがいうそ》をついたことがないというのが自慢《じまん》なんで」

「ウソだ⁉　シスベルさん信じちゃだ……むぐっ⁉」

「はーいミスミス。ちょっと静かにね」

何かを言いかけたミスミスの口を、璃洒が両手で塞《ふさ》いでしまう。

そのままミスミスを連れ去って列車の中へ。そのやり口だけ見れば、いかにも誘拐《ゆうかい》犯のような手際《てぎわ》の良さだ。

「ほらほら、シスベル王女もどうぞこちらへ」

「……疑わしいですわ」

「そんなことないですってば。ウチの信条は『真心』『誠実』『博愛』ですし？」

「またウソだよ⁉　璃洒ちゃんすーぐそうやって適当な……むぐぅっ⁉」

「ミスミスは黙《だま》ってて」

口を塞がれてミスミス隊長が引きずられていく。

そんな隊長を追いかけて、イスカたちも渋々《しぶしぶ》と特急列車に乗りこんだのだった。

3

ネビュリス皇庁、星の塔《とう》――

その廊下《ろうか》を、アリスは足早に歩いていた。

「ああもう、会議が三十分も延びるなんて。何なのよ仮面卿《きょう》、『アリス君、女王代理のその衣装《いしょう》、実に煌《きら》びやかで気品があるね』だなんて……」

三血族の会議、その終わり際だ。

いつもならキッシングと共にすぐさま立ち去る仮面卿が、部屋に戻《もど》ろうとする自分《アリス》に声をかけてきた。

――女王代理の王衣《ドレス》。

今までアリスが着ていた王衣《ドレス》は、私的なもの。

新たに身につけているのは女王の代理という立場の公的衣装。「女王の座は渡《わた》さない」という決意を込《こ》めてのものだ。

今までの雰囲気《ふんいき》はそのままに、赤と青の鮮《あざ》やかさが加わっている。

……どういうことなの。

……前の会議で着た時には、仮面卿はろくに反応しなかったじゃない。

今までこの新衣装を気にも留めなかった仮面卿に褒《ほ》められるのは、アリスとしても不気味な寒気がある。

……何か狙《ねら》ってるの？

……なんだか気味が悪いくらい上機嫌《じょうきげん》だったのが、気になるわね。

なのに今さら？

油断できない。

月《ゾア》と太陽《ヒュドラ》が女王の座を狙っているのは確実だ。

特に太陽《ヒュドラ》は、現女王の命を狙って帝国《ていこく》軍を呼び寄せたことがわかっている。本来なら、一刻も早く弾劾《だんがい》すべき怨敵《おんてき》なのに。

「そのためには証拠《しょうこ》よ。だからこそシスベルに戻ってきてもらわなきゃ……」

目の前の部屋——

ルゥ家当主の私室「星屑《ほしくず》の摩天楼《まてんろう》」。女王《はは》の部屋なのだが、あいにく女王《はは》は会議後にも大臣たちと相談中である。

その女王《はは》にかわって、アリスは部屋の扉《とびら》を押し開けた。

「……時間ぎりぎりね」

壁掛《かべか》け時計《どけい》を一瞥《いちべつ》し、ほっと一息。

と。その矢先、テーブルに置かれた通信機のランプが点滅《てんめつ》した。

「っ⁉　来た！」

慌《あわ》てて通信機を抱《かか》え上《あ》げる。

前のめりの姿勢で、アリスは自分の顔を思いきりモニターに近づけた。

「シスベル！　シスベルね！」

『――お待たせしましたわお姉さま。予定より数分遅《おく》れてしまいましたが』

ストロベリーブロンドの髪《かみ》の少女が映った。

昨日は通信音声だけだったが、今回は映像つきで妹《シスベル》の顔がちゃんと確認《かくにん》できる。

どこかの建物内？

清潔だが、ずいぶんと密室じみた壁《かべ》に囲まれた空間だ。

『ああわたくしの居場所ですか？　特急列車のトイレ内ですわ』

妹《シスベル》がきょろきょろと辺りを窺う。

誰《だれ》かが会話を聞いてないかの確認だろう。

『さてお姉さま。昨日の話のとおり、わたくしは燐を助けるため帝都《ていと》に向かいます。というより向かっている最中ですわ。この特急列車で』

「……本気なのね」

アリスとしては複雑極《きわ》まりない心境だ。

燐はかけがえのない存在で、是《ぜ》が非《ひ》でも救出してもらいたい。だが一方で、シスベルには今すぐ帰還《きかん》してほしいという思いもある。

板挟《ジレンマ》みだ。

最愛の従者を助けてほしい気持ちと、妹《シスベル》を危険に晒《さら》したくない気持ち。

……帝都は、帝国のもっとも危険な場所よ。

……そこに行くのは、自分から魔女狩《まじょが》りに遭《あ》うような行為《こうい》同然じゃない。

ミイラ取りがミイラになる。

帝都となれば、街のいたるところに星霊《せいれい》エネルギーの検出器が備えられているだろう。

妹《シスベル》が魔女として捕《と》らえられたら、何もかもがお終《しま》いなのだ。

「…………」

「おや？　お姉さまもそんな不安そうな表情《かお》をするのですね」

こちらの心境を知ってか知らずか。

妹《シスベル》は、何とも余裕綽々《よゆうしゃくしゃく》といった口ぶりで。

「これは反撃《はんげき》のチャンスなのです。わたくしと燐さえ無事なら、もう誰にも好きなようにはさせませんわ。女王様《おかあさま》を狙った蛮行《ばんこう》に加え、わたくしの大事な従者《シュヴァルツ》を誘拐したのもヒユドラ家であると証明できるのです」

「……わかってるわよ。でも、あなたの身の安全は？」

「わたくしの？」

「そうよ。燐を助ける前にあなたが捕《つか》まる恐《おそ》れもあるのよ」

「頼《たよ》れる護衛がいますから」

シスベルが、ひらりと写真を取りだした。

モニター越《ご》しのアリスにも見えるように近づけたソレを見て、アリスは思わずその画像を凝視《ぎょうし》してしまった。

それは、イスカと妹《シスベル》が並んで歩く写真だった。

二人密着して腕《うで》を組んで――

「ほらご覧ください お姉さま、わたくしたち、こんなに仲良しなのですわ」

「〜〜〜〜〜〜っ⁉」

帝国のどこかの市街地だろう。

家族連れや会社員たちの目があるにもかかわらず、なんとも大胆《だいたん》に腕と腕を絡《から》ませて、そして肩《かた》を密着させて歩いているイスカと妹《シスベル》。

まるで。

まるで真昼時にデートする恋人《こいびと》のように――

「な、なな、何をしてるのシスベル⁉」

「デートに見せかけた敵地観察ですわ。なにせ帝国領の市街地ですから」

ひらひらと、シスベルが写真を見せびらかしてくる。

なんと挑発《ちょうはつ》的な行為だろう。

「とても充実《じゅうじつ》した一時でしたわ。彼が近くにいるという安心感。彼の逞《たくま》しい腕に触《ふ》れているだけで心が満たされていくようで」

「イスカが嫌《いや》がってるじゃない！　どう見ても戸惑《とまど》ってる表情よ！」

「わたくしが満足だから良いのです」

「なに言ってるの！　イスカはわたしの好敵手《ライバル》の……ぐっ……！」

妹《シスベル》には、自分《アリス》とイスカの関係は教えていない。

だが、自分と彼の関係を薄々《うすうす》ながら察しつつあるのは間違《まちが》いない。

……いえ確実に気づいてるわ！

……この子、気づいたうえでわたしに挑戦《ちょうせん》してきてる！

奪おうとしている。

わたしだけの好敵手《ライバル》を――

「ふふん？　お姉さま。残念ながら既《すで》に勝負はついているのです」

「……何ですって？」

「経験の差ですわ」

写真を懐《ふところ》に収めるシスベル。

自らの頰《ほお》に手をそえて、熱っぽく潤《うる》んだまなざしで上を向き──

「わたくしとイスカは、既にあんなことやこんなことも経験済みなのですわ。それはもう、思いだしただけで顔が熱くなるような……」

「な、何のことよ────っ!?」

通信機に向かって。

顔を赤らめるシスベルを睨《にら》みつけて、アリスは声のかぎり吼《ほ》えた。

「う、嘘《うそ》よ！　わたしは信じないわ！　イスカが……あなたの誘惑《ゆうわく》ごときで破廉恥《はれんち》なことするわけないでしょう！」

「破廉恥？」

シスベルがきょとんと瞬《まばた》き。

「はて。わたくし破廉恥なことなんて一言も言ってないですが」

「へ？」

「わたくしはイスカと手を繋《つな》いで歩いたり、一緒《いっしょ》に写真を撮《と》ったり、カフェでお茶をしたというのを思いだしただけです」

「……なっ⁉」

「おやおやぁ？」

妹《シスベル》が顔をこれでもかと近づけてきた。

ニヤニヤと、明らかに「引っかかったな」と言わんばかりの挑発的な冷笑《れいしょう》で。

「お姉さまってばぁ。いったいどんな想像をしてたのでしょうね？　ぜひとも教え――」

ぷちっ。

次の瞬間《しゅんかん》、アリスの頭の中で何かが切れた。

「お姉さまぁー」

「うるさいっ！」

電源切断。

アリスがハッ、と我に返った時にはもう妹《シスベル》との通信は切れた後だった。

「あっ……」

「アリス様、いかがしましたか」

「ご、ごめんなさいシュヴァルツ！」

部屋の隅《すみ》に待機していた老人に、慌てて振《ふ》り向《む》いた。

「シスベルとの通信、あなたにも替《か》わってあげようと思ってたのに……」

「お気遣《きづか》い感謝いたします。が、お嬢《じょう》の元気な声がこちらまで伝わってきました。従者としても一安心です」

シスベルの従者シュヴァルツだ。

ヒュドラ家の星霊研究機関「雪と太陽《スノウ・ザ・サン》」に監禁《かんきん》されており、つい数日前に逃《のが》れてきたばかりである。

「それにしても……」

従者シュヴァルツが、テーブル上の通信機をちらりと見下ろして。

「アリス様から経緯《けいい》を聞いて少々驚《おどろ》きました。イスカと言いましたか。あの男の部隊が、まさか帝国領に戻《もど》ってからもシスベル様に協力しているとは」

「護衛の交渉《こうしょう》をしたのはあなたでしょう?」

「左様でございます。もともとは独立国家アルサミラでの話です。が……」

老人がしばしの沈黙《ちんもく》。

「その口約束を、まさか帝国人がそこまで律儀《りちぎ》に守り通すとは……帝国人の中にも多少は筋の通った者がいるのですな」

「でしょ！　そうなのよ、わたしの自慢《じまん》のイス——」

「？」

「……何でもないわ」

さりげなくそっぽを向く。

危ない危ない。従者つながりのせいか、つい燐と話してるつもりで口が滑《すべ》りそうになってしまった。

「でもシュヴァルツ、あなた妹《シスベル》をちゃんと教育してちょうだい。あの子、護衛《イスカ》に変なこと企《たくら》んでるわよ」

「はっはっは。いえいえアリス様、あれは妹が姉にじゃれているだけですぞ」

従者の老人が噴《ふ》きだした。

「お嬢はまだ色恋《いろこい》の年ではありません。しかも相手は帝国《ていこく》人です」

甘い！

甘いわよシュヴァルツ！

心の中で、アリスは力のかぎり拳《こぶし》を握《にぎ》りしめていた。

妹《シスベル》の部屋を捜索《そうさく》した時のこと。

書棚《しょだな》に、いかにも真面目そうな歴史書や文学に挟《はさ》まって、十代向きの恋愛《れんあい》本が隠《かく》されていたのをアリスは見つけてしまったのだ。

……あの子、本を読んでそういう知識だけはあるタイプなのよ！

……シュヴァルツの前じゃ純朴《じゅんぼく》なフリをしてるだけなの！

男女のアレコレは、姉である自分以上に知識豊かなことだろう。

イスカとの写真を見てもそう。

あざとい腕の組み方、さりげなくも計算されつくした肌《はだ》と肌の密着具合。あれは間違いなく彼の気を引きたがっている。

「────」

ふぅ、と一度深呼吸。

「やっぱり、どこかで痛い目に遭わせた方がよさそうね」

「その通りです。月《ゾア》と太陽《ヒュドラ》の者どもをこのまま見過ごすわけにはいきません」

「……そっちじゃなくて」

「？」

「ああいえ、何でもないわ」

気分転換《てんかん》のつもりで、アリスは首を横にふった。

イスカを横取りしようとする妹《シスベル》には後ほど「お勉強」させるとしても、今の自分は帝国側にばかり注視していられる立場ではない。

月《ゾア》と太陽《ヒュドラ》にも目を光らせなければ。

「シュヴァルツ、しばらくわたしと一緒にいてくれる？」

「かしこまりました。このような老骨ではありますが、不在の燐《リン》に代わり、アリス様のお役に立てるよう尽力《じんりょく》いたします」

アリスには従者《リン》がいない。

シュヴァルツには主《シスベル》がいない。

互《たが》いに従者と主を欠いているがゆえの、臨時の主従関係だ。

と——

アリスたちの後ろで、部屋の扉《とびら》が開いた。

「あ……女王様《おかあさま》！」

「お待たせしましたアリス。会議後の大臣たちに捕まるとやはり話が長引きますね。雑談も、手入れした芝生《しばふ》を猫《ねこ》に荒《あ》らされた事件というのを延々と聞かされて……こんなことなら、無理にでも話を切って早く戻ってくるべきでした」

入ってくるなり女王が溜息《ためいき》。

「アリス、シスベルからの連絡《れんらく》は来ましたか？」

「はい。わたしが思った以上に憎《にく》たらし……じゃなく、元気そうでした。昨日の話の通り、燐を助けるために帝都《ていと》へ向かうと」

「……そうですか」

女王が二度目の溜息。

「複雑ですね。親としては今すぐ帰ってきてほしい気持ちもありますが、同時に、少しだけ嬉《うれ》しくもあります」

「燐を助けるために動いてくれたことが、ですか？」

「ええ。あの子がまさか、こんなにも自発的な決断ができる子だとは思いませんでした」

女王の、困ったような苦笑い。

「部屋に籠《こ》もって何日も何週間も姿を見せない。あのシスベルが、よりによって自分から敵地に飛びこもうとするだなんて」

「血は争えませんな女王陛下」

そう応じたのは従者シュヴァルツだ。

テーブルで飲み物の支度《したく》をしていた手を、止めて。

「シスベル嬢のおてんばは、間違いなく昔の陛下譲《ゆず》りのものですよ」

「……三十年前は苦労をかけました」

女王がふっと口元を緩めてみせて。

「そういうシュヴァルツも、具合はどうですか」

「ご心配をおかけしました女王陛下。雪と太陽《スノウ・ザ・サン》に監禁されていたのが何週間か、もはや時間の感覚もない状態ではありましたが……このとおり快復しました」

「そう、その件で改めて聞きたかったのです」

再び唇《くちびる》を引《ひ》き締《し》めて。

女王のまなざしが、アリスとシュヴァルツを交互《こうご》に見つめた。

「あなたはヒュドラ家の刺客《しかく》に拘束《こうそく》されて、雪と太陽《スノウ・ザ・サン》に監禁されていた」

「相違《そうい》ありません」

「それを解放したのは……」

「奴です」

シュヴァルツが、重々しい口ぶりでそう答えた。

「……サリンジャーです」

〝サリンジャー。貴様が……私を奴《やつ》らから解放したのか……〟

〝嫌がらせにな。なぜ貴様が雪と太陽《スノウ・ザ・サン》に捕《と》らえられていたのか知る気もないが、捕虜《おまえ》がい

なくなれば太陽《ヒュドラ》には痛手であろう？〃

超越《ちょうえつ》の魔人《まじん》サリンジャー。

第十三州アルカトルズで姿を消した極悪人《ごくあくにん》が、なぜか太陽《ヒュドラ》の拠点《きょてん》を襲《おそ》ったという事件はアリスも知っている。

その魔人が、なぜ王家の執事《しつじ》を助けだしたのか？

「シュヴァルツ、あなたは彼から何か聞きましたか？」

「いえ。奴が発したのは、太陽《ヒュドラ》が何を企んでいるかという問いのみです。私を解放したのもそれを訊《たず》ねるためだったのかと」

「……そうですか」

女王がまぶたを閉じる。

それは、娘《アリス》が初めて目にする母の仕草だった。

思いにふけるような。遠い情景にしばし意識を奪《うば》われているような。

「サリンジャー。あなたはいったい何を――――っ？」

女王の言葉が途切《とぎ》れた。

足下《あしもと》から噴き上《あ》げるような、突然《とつぜん》の鳴動によって。

「地震《じしん》か？　だ、だがこれは……大きいっ！」

シュヴァルツが大きくよろける。

「女王様《おかあさま》！」

まともに立っていられない。

床《ゆか》が跳《は》ねるような揺《ゆ》れのなか、アリスは母の手を摑《つか》んで握りしめた。リビングの中央で、母娘《おやこ》二人で互いの身を支え合う。

パリン、と廊下《ろうか》に響《ひび》いたのは窓ガラスが割れた音だろう。

王宮を揺るがすようなこの揺れは、いったい？

「だ、大地震⁉」

「……………いえ、アリス。これとよく似た衝撃《しょうげき》を前にもどこかで……まさかっ！」

アリスを抱《だ》きしめる女王が、目をみひらいた。

「目覚めるというのですか！」

4

特急列車。

帝国のほぼ東端《とうたん》から、はるか帝都までを一直線に結ぶ大陸鉄道。それを走る列車の、特別個室《コンパートメント》にて——

「おおっ。これがミスミスの星紋《せいもん》なのね、いやぁ立派なの出来ちゃったねぇ」

「り、璃洒ちゃん声が大きいよ！」

「胸が大きいと星紋も大きいんだねぇ」

「なに言ってるのっ⁉」

「あははごめんごめん。でも扉も閉めてるから平気だってば」

ミスミスの肩《かた》にある、淡《あわ》い緑色の星紋。

それを興味津々《きょうみしんしん》に観察していた璃洒は、何ともあっけらかんとした暢気《のんき》さだ。

「……もうっ」

左肩《ひだりかた》にシールを貼《は》り直し、腕《うで》まくりしていた袖《そで》を元《もと》に戻すミスミス。

「さ、アタシのは見せたから次は璃洒ちゃんだよ」

「んー？」

「さっきの話。璃洒ちゃんが星霊《せいれい》術を使ったの、アタシたちみんな見てるんだから」

じーっと。

眉《まゆ》を吊《つ》り上げたミスミスが、右隣《みぎどなり》の璃洒を無言で見上げた。

「そうですわ」

さらに言葉を続けたのはシスベルだ。

真ん中の席に座っているのが璃洒で、その左右にはミスミスとシスベル。

その対面にはジンと音々。そして外の扉にもっとも近い位置にいるのがイスカという並びである。

五人のまなざしが、一斉《いっせい》に璃洒へと集中する。

「……んー。そうねえ」

革製《かわせい》のソファーで足を組む璃洒が、ちらりとシスベルを盗《ぬす》み見《み》た。

「ホントは天帝《てんてい》陛下から説明する予定だったんだけどなぁ」

「まだしらを切るつもりですか？」

「いやいや、そんなつもりはありませんってば」

シスベルに睨《にら》まれて璃洒がごまかし笑い。

「まあミスミスたちも知ってることだし。皇庁にもバレてるだろうから白状しちゃうか。要するに帝国《ていこく》で、そういうのを極秘《ごくひ》に研究してたってわけ。人為《じんい》的っていうか強制的に、人間に星紋を付与《ふよ》するのをね」

璃洒が指を二本立てて見せる。

「研究していたのは二パターンね」

一、星紋はつくが星霊術は使えない旧式。
二、星紋がついて星霊術も使えるようにする新式。
「あーっ！」

音々が、すっとんきょうな声を上げて立ち上がった。

「その一って、もしかしてイスカ兄を助ける時の……！　音々やジン兄ちゃんがつけた、人工星紋じゃ！」

「ああアレか……確か第十三州アルカトルズ行きの時だな？」

ジンがやれやれとしかめ面《つら》。

「皇庁の国境を突破《とっぱ》するためめってことで、妙《みょう》な機械で星紋をくっつけられた時がそういやあったな。使徒聖殿《どの》よ、アンタあの時『皮膚《ひふ》一枚だけ魔女《まじょ》になる』っつったよな？」

「そそ。でも星霊術が使えた方が便利でしょ？」

璃洒がウィンク。

「音々たんやジンジンは実験その一。ウチが試《ため》したのは実験その二。ただ当たり前だけど、強引《ごういん》な方法だからすぐ消えちゃうのよね。ウチの星霊術も使えるのはせいぜい一週間で、星紋と一緒《いっしょ》に消えちゃうの。ねえシスベル王女？」

「……何ですか」

「どうしてだと思います？　付与した星紋と星霊術が一週間で消えちゃう理由」

「――――」

ふぅ。

皇庁の王女が、小さく息を吐《は》きだした。

「その実験が『星霊エネルギー』の付与であって、『星霊そのもの』の付与ではないから。なぜなら星霊本体を宿してしまうと、そこのミスミス隊長のように本物の魔女になってしまいますからね」

「おおっ⁉　即答《そくとう》かつ大正解！」

「……わたくしを舐《な》めてるのですか？」

「いやいや、これは割と大真面目な賛辞ですよん。さすが魔女の姫《ひめ》だなあと」

璃洒が満足げに腕組《うでぐ》みしてみせる。

「永久的に星霊術が使えるのは確かに便利だけど、星霊本体を宿すって魔女そのものだし、帝国人のウチとしては流石《さすが》に取れない選択肢《せんたくし》よね」

「わたくしからも質問があります」

璃洒の言葉にかぶせるかたちで、シスベルが二の句を継《つ》いだ。

「あなたはどこまで知ってるのですか」

「ウチが？　何をです？」

「ミスミス隊長が魔女になったことをいつ知ったのです。それに、あなたと天帝は現れた当初からわたくしのことも知っていた」

「仰《おっしゃ》るとおりで」

「あなたは、ずっとわたくしたちを監視《かんし》していたのですね？」

「おっとそれは誤解ですね」

璃洒が肩をすくめて、おどけてみせた。

「ウチは尾行《びこう》も監視もしてないですよん。天帝陛下がそういう力なの」

「……天帝の力ですか？」

シスベルのまなざしが険しさを増した。

疑わしい、から警戒《けいかい》対象へ。

「それはどういうことですの。わたくしのように過去を知ることができると？　それとも現時点で起きてることを透視《とうし》できるのですか？」

「ちょい違《ちが》うんですよねー」

対する璃洒は、小さくアクビをかみ殺して。

「天帝陛下の嗅覚《きゅうかく》が、常人よりちょっとだけ、この星で起きる星霊の動きに敏感《びんかん》なだけ。知りたいことを何でも知れるわけじゃない。むしろ逆なんですよ。天帝陛下は、自分じゃどうしても調べられないことがある」

「だからわたくしに目を付けたと。いったい何を調べさせる気ですか」

「……天帝陛下からのお誘《さそ》いはね」

璃洒が手を伸《の》ばした。

反射的にビクッと身をすくめるシスベルの肩に手を回す仕草は、あたかも旧知の友人のような振《ふ》る舞《ま》いだ。

「シスベル王女？　使徒聖にならない？」

「は、はいっ⁉」

そう叫《さけ》んだのはシスベルではなく――

無言でやりとりを見守っていたミスミス隊長だった。

「ちょっと璃洒ちゃん⁉　それどういうこと⁉　え、だってシスベルさんは皇庁の王女で。

っていうか魔女だし……イスカ君、使徒聖って魔女もなれるの？」

「……どうなんでしょう」

自分《イスカ》の方が聞きたいくらいだ。

まるで予想もできなかった常識外れの提案に、こちらも驚《おどろ》きで頭が真っ白になってしまって言葉が出てこない。

シスベルが使徒聖に？

ネビュリス皇庁の王女に向かって、こんな勧誘《かんゆう》があり得るのか？

「……意味不明です」

さすがのシスベルも、なかば啞然《あぜん》とした面持《おもも》ちだ。

「帝国の幹部になれと？　わたくしに皇庁を裏切って、帝国が有位に立つための情報を調べさせたいというのなら、返事は──」

「ってくらい天帝陛下は懐《ふところ》が広い方だから」

「？」

「帝国としては、それくらい丁重《ていちょう》にシスベル王女をお出迎《でむか》えしますよってこと。天帝陛下が知りたいことも皇庁の秘密じゃない。帝国のことですから」

「帝国の何を知りたいのです」

「それはね──」

璃洒からの応えは、涼《すず》やかな微笑《びしょう》。

その笑《え》みが向けられた先は、第九〇七部隊の面々だった。

「イスカっちにはお馴染《なじ》みの場所だけど、帝都《ていと》の地下深くにね、帝国議会《ぎかい》って場所がある。そうよねミスミス？」

「……う、うんまあ。アタシは詳《くわ》しい場所知らないけど」

「そりゃ当然。帝国兵にも迂闊《うかつ》に教えちゃだめなのよ。帝国軍の司令部だって帝国議会の場所を知ってるのは一握《ひとにぎ》りだもん」

眼鏡のレンズを通して──

天帝参謀《さんぼう》たる璃洒の双眸《そうぼう》が、針のように鋭《するど》くなった。

「なにせ世界で初めて星脈噴出泉《ボルテックス》が生まれた場所だから」

「……何ですって⁉」

シスベルが反射的に立ち上がった。

落ちついてなどいられない。なぜなら璃洒が口にした秘密こそ、シスベルが喉《のど》から手が出るほどに欲《ほっ》していた情報だからだ。

〝なぜ帝都だったのか〟

〝百年前に何が起きたのか。よりによって帝都で星霊《せいれい》エネルギーが噴出《ふんしゅつ》したことだって、わたくしには偶然《ぐうぜん》に思えないのです〟


シスベル自身が言ったことだ。

百年前、世界で最初に星脈噴出泉《ボルテックス》が「偶然」生成されたのが帝都。

そこから噴出した大量の星霊エネルギーを浴びて、魔女や魔人《まじん》が誕生した。その過去を確かめてみたいのだと。

「……わたくしを、帝国議会とやらの場所まで案内するというのですね」

「そーいうことですよシスベル王女。天帝陛下が知りたいことも『そこ』にあるのでね。ただし厄介《やっかい》なことが」

すっ、と璃洒が眼鏡を外してみせた。

列車に乗る前にも見せた——眼鏡の丁番《ヒンジ》に指をひっかけてクルクルと回すその仕草の傍《かたわ》らで、第九〇七部隊《イスカたち》を眺《なが》め回しつつ。

「どうにも邪魔者《じゃまもの》が来そうなのよねぇ」

「邪魔者だと？」

ジンが表情を曇《くも》らせる。

その隣《となり》の音々やミスミス隊長、シスベルが揃《そろ》って首を傾《かし》げるなかで。

「っ！　帝国議会《ていこく》……ま、さか！」

イスカだけは、首筋に冷たい汗《あせ》が滴《したた》り落《お》ちるのを感じていた。

とてつもない悪寒《おかん》がする。

まさか、自分たちがこれから敵に回そうとしている存在は——

「璃洒さん、それまさか……」

「そそ。帝国議会を牛耳《ぎゅうじ》るのがいるのよね。ウチらがシスベル王女を連れていこうものなら、確実にそれを妨害《ぼうがい》しにかかる輩《やから》がいる」

眼鏡を外した璃洒の唇《くちびる》が、不敵な笑みへとつり上がった。

「八大使徒って連中がね」

「っ⁉　おい使徒聖殿……」

「まあジンジン落ちついて。だいじょーぶ。死ぬときはウチも一緒だから。なるべく死なないように頑張《がんば》りましょ？」

「……穏《おだ》やかじゃねえぞそれは」

ジンが舌打ち。

音々とミスミス隊長が押し黙《だま》る。その重々しげな空気に、不穏《ふおん》さを感じとったであろうシスベルが恐《おそ》る恐る口を開いた。

「あ、あのイスカ？　その八大使徒というのはいったい……」

「帝国議会ってのは『蓋《ふた》』なのよ」

それを遮《さえぎ》る璃洒の二の句。

再び眼鏡をかけ直して、璃洒が自分の足下《あしもと》を指さしてみせた。

「地下深く。帝都の地底にはね、八大使徒にとって見られたくないものが眠《ねむ》ってる。だから帝国議会なんてものを地下に作って蓋をしたわけ」

「……璃洒さん。その見られたくないものって何ですか」

「それをこの王女に暴いてもらうってわけよ、イスカっち」

ぽん、とシスベルの肩《かた》を叩《たた》く璃洒。

「期待してますよ魔女《まじょ》の姫。ま……ケルヴィナの研究所にあった資料で大方は予想ついてるけどね。あとはそれを目に見えるかたちで――――っ。おや？」

璃洒がきょとんと瞬《まばた》き。

この場の視線が集中するなか、璃洒自身も意外そうな表情で懐に手を伸ばす。

取りだしたのは通信機だった。

「司令部からウチに連絡《れんらく》だ。んー、この前の会議をすっぽかした件はもう……」

……………シスベル王女」

「何ですか？　勿体《もったい》ぶらずに言ってください」

「皇庁で地震ですって」

「……はい？」

「ただし地殻《ちかく》変動らしきデータは一切《いっさい》観測されず。星脈噴出泉《ボルテックス》でもない。それってどういうことでしょうねぇ」

通信機を懐にしまう璃洒。

その表情は珍《めずら》しく、イスカさえ初めて見るほどに、微《かす》かな苛立《いらだ》ちが刻まれていた。

「……よりによっていま目覚めるか。面倒《めんどう》ですよ天帝《てんてい》陛下」

Intermission　『勘《かん》づくものたち』

1

天守府——

この要塞《ようさい》内の警備は、物々しい外見に反してほぼ無人。

わずか数人の事務員と電気作業員がいるだけで警備員はいない。そのかわりを果たすのが徹底《てってい》した防衛機能だ。

ビル内部を行き来できる者は、使徒聖を除けば、ごく数人の例外のみ。

では、その例外とは？

答えは「天帝に直々に許された者」である。

「欺《だま》したなぁぁぁぁぁっ！」

怒《いか》りの声を響《ひび》かせて、燐《リン》は天帝の間に駆《か》けこんだ。

濡《ぬ》れそぼった髪《かみ》。頬《ほお》や首筋に小さな水滴《すいてき》が浮《う》かんでいる燐は、なぜか、下着だけを身につけたあられも無い姿だった。

何を隠《かく》そう、入浴途中《とちゅう》で飛びだしてきたからだ。

「おい獣《けもの》！　なにが身を清めて来いだ！」

「汗を流したいと言ったのはお前じゃないか、魔女？」

畳《たたみ》の上に寝転《ねころ》がっている銀色の獣人《じゅうじん》。

天帝ユンメルンゲンが、下着姿の燐をちらりと流し見て。

「この天守府を行き来できるよう許可を出した皇庁人はお前が初めてだよ。もっと喜んでいいのに」

「……ああ、浴場までは確かにいけた。シャワーもちゃんと使えた」

「だろう？」

「そのシャワールームに、なぜ監視《かんし》カメラがある⁉」

服を脱《ぬ》いでシャワーを浴びて。

そろそろ出るかと思った矢先のこと、燐はようやく、シャワーのノズルに取り付けられた極小のカメラに気づいた。

「……私の裸《はだか》が、まさかカメラで映されていただと！」

「お前は人質《ひとじち》なんだから。どんな行動をするか見ておかなきゃいけないだろ？」

天帝ユンメルンゲンがごろんと転がる。

その手には、まさにシャワールームを映した監視カメラの映像が。

「安心するといい。お前の裸を見たのはメルンだけだから」

「怒《おこ》るに決まってるだろうがっ！」

「ふふ、まさかお前の星紋《せいもん》があんな場所にあるなんてねぇ」

「笑うな！……臀部《でんぶ》に星紋があって何が悪い！」

畳を思いきり踏《ふ》みつける。

もっとも、それで動じる相手でないのは燐も承知の上だ。

「この覗《のぞ》き魔《ま》が！」

「人間観察だよ」

天帝が畳の上であぐら座りに。

服を着る時間も惜《お》しんで駆けこんできた燐の下着姿を、じろじろと頭の上から足先まで眺め回して。

「ふーん」

「……見るな気持ち悪い」

「ならさっさと服を着るといいよ」

燐の容赦《ようしゃ》ない口ぶりだが、銀色の獣人はむしろ可笑《おか》しそうに肩をふるわせて。

「服を着ていない人間の身体《からだ》を見るのは久しぶりだ。ほら、メルンはこんな身体だから。自分が人間だった時のことを忘れてしまいそうになる」

「………………」

家政婦調の服を着て。

燐は、あらためて目の前の「怪物《かいぶつ》」に向き直った。銀色の毛皮に覆《おお》われた肢体《したい》と、狐《きつね》のようにぶあつい尻尾《しっぽ》。

ここまで間近で眺めても人間だとは到底《とうてい》思えない。

「おい獣。そろそろ教えろ。お前はいったい何だ」

「どういう意味だい？」

「……私としては不本意だが、お前が天帝であることはひとまず信じてやる」

だが、その姿はいったい何なのだ？

人間だった時のこと？

「お前は、元は人間だったというのか？」

「半分はね」

ツン、と自らのこめかみを指で突《つつ》く天帝ユンメルンゲン。

「メルンは、人間と星霊《せいれい》がごちゃ混ぜになっているんだよ」

「何だと？」

「『お前は元人間か？』と聞かれたら、人間のメルンとしては『そうだ』と答えるけど、星霊の立場としては『違《ちが》う。元星霊だ』と答える。なにせ今のメルンは両方の精神が溶《と》けあってしまっているからね」

「……面妖《めんよう》だな」

「始祖ネビュリスもだけど」

「っ！」

天帝のその言葉に――

燐の脳裏《のうり》を過《よぎ》ったのは始祖ではなく、超越《ちょうえつ》の魔人《まじん》サリンジャーだった。

〝第三次統合《トライ・ステージ》『人と星霊の統合』〟

〝この星で、自らの力でそこに到達《とうたつ》した者はわずかに二人〟

人と、星霊の統合。

その完成形が、こうして目の前にいるではないか。

「……そういうことか！」

冷たい汗《あせ》が頬を伝っていく。

なぜ今まで気づかなかったのか。あの時は歯牙《しが》にも掛《か》けずにいたサリンジャーの言葉が、
まさか、これほど重大な意味として蘇《よみがえ》るとは。

「……天帝ユンメルンゲン」

燐は、渇《かわ》いた喉《のど》から必死に声を押しだした。

「お前もかつて人間だった。それが……何かのキッカケでそんな姿になったと。始祖様も、
それと同じ。だから百年間も変わらぬ姿で生き続けられたのか！」

「──────」

あぐら座りで燐を見上げる天帝。

そのまなざしが、天井《てんじょう》へ。

「この肉体、この精神が嫌《いや》なわけじゃない。けどね……誰のせいでこんな事になったのか、
知らないままというのは癪《しゃく》だろう？」

「……？　その姿は、お前が望んだ結果ではないのか？」

「予想はついているんだよ」

獣の笑《え》み。

鋭《するど》い犬歯を覗かせて、獰猛《どうもう》な笑みで天帝は嗤《わら》った。

「だから魔女《まじょ》の姫《ひめ》シスベルが欲《ほ》しいのさ。星の記憶《きおく》を蘇らせる星霊——百年前、メルンをこんな姿にした奴《やつ》らを見つけてやらないとね」

2

帝国議会《ていこくぎかい》。

別名「見えざる意思」。

その名称《めいしょう》は、あらゆる地図に議事堂の場所が載《の》っていないことに起因する。

——帝都《ていと》の地下五千メートル。

温度、実に百五十度。

微生物《びせいぶつ》がかろうじて生存できるかどうかという深淵《しんえん》。ここまで地下深くを選んだのは、ネビュリス皇庁《おうちょう》の目を避《さ》けるためという理由……ではなく。

——ここがもっとも始原の星脈噴出泉《ボルテックス》に近いから。

帝国議会は「蓋《ふた》」なのだ。

ネビュリス皇庁も、そして帝国人も誰一人《だれひとり》として「あの場所」に近づかせないための、その監視基地。

『魔女の姫《シスベル》が、極東アルトリアを発《た》った』

『帝都まで残り二つの主要駅《ターミナル》を経由して、明日の夕方には帝都に到着《とうちゃく》するだろう』

広大な議会場。

その壁《かべ》に設置されたモニターに映っているのは、八人ものおぼろげな輪郭《りんかく》だ。

八大使徒。

議会を統括《とうかつ》する最高権力者たち。直接的な政《まつりごと》には関わらない天帝《てんてい》に代わり、帝国の全権を実質的に与《あた》えられている。

その八人が――

ざわめいていた。

『同行しているのは璃洒、そして黒鋼《くろがね》の後継《こうけい》イスカ』

『……璃洒。やはり』

『天帝の補佐がついたということは、やはり天帝は勘づいている。あの日の事件、我々の関与《かんよ》に気づいていたか』

魔女の姫シスベルが帝都に迫《せま》ってきている。

天帝ユンメルンゲンの望みは、百年前に生まれた星脈噴出泉《ボルテックス》の真相を知ること。

だがそれは――

八大使徒にとっての不都合でしかない。

『我々の関与は、百年前、星霊エネルギーの噴出《ふんしゅつ》によってあらゆる証拠《しょうこ》が消え去った』

『魔女の姫《シスベル》……』

『あの魔女さえ消去すれば、いかに天帝とて百年前の真実には到達できまい』

『――静粛《せいしゅく》に』

しん、と水を打ったように静まりかえる。

モニターに映っていた八人の男女の輪郭。そのうちの一つが、突如《とつじょ》として消えたのだ。

七人分の人影《ひとかげ》しかない。

この光景を見ていれば、帝国議会の議員たちは誰もが目を疑ったことだろう。

いったい何が起きたのかと。

『「ルクレゼウス」が向かった』

『すべての進捗《しんちょく》に滞《とどこお》りはない。魔女の姫《シスベル》、そして黒鋼の後継を消去するだけでいい。星の深淵が我々の訪《おとず》れを待ってい――――ん？』

ジッ。

砂嵐《すなあらし》のようなノイズが、八大使徒の映像を大きく波立たせた。

電波の乱れ？

否。

『……巨大《きょだい》な星霊エネルギー？』

『場所は、中央州ネビュリス王宮の地下周辺。だが星脈噴出泉《ボルテックス》にしてはエネルギーの噴出が突然《とつぜん》すぎる……まさか……』

八大使徒のざわめき。

はるか遠き帝国まで届く、強大無比のこの星霊エネルギー。

『これは……』

『お前か、始祖！』

Chapter.3　『復活の日』

1

始祖ネビュリス。

かつて帝都を火の海に変えた、最古最強の星霊使い。

帝国は星霊使いを魔女と呼び畏《おそ》れているが、大魔女と呼ばれる者は、始祖をおいて他にいない。

「……この世で最も激しき憤怒《ふんど》だ。帝国を滅《ほろ》ぼすための」

抑《おさ》えきれぬ喜びに声を打ち震《ふる》わせて、仮面卿《かめんきょう》は頭上を見上げた。

あまりにも。

あまりにも突然の出来事だった。

地底湖を揺《ゆ》るがす地響《じひび》きの後に、仮面卿の目の前で「少女」が目覚めたのだ。

「……始祖様」

砕《くだ》けたガラスの棺《ひつぎ》。

その破片《はへん》がさながら紙吹雪《かみふぶき》のように、膨大《ぼうだい》な星霊エネルギーの気流に煽《あお》られて宙をひらひらと舞《ま》い続けている。

「……美しい」

赤から黄色、黄色から緑、緑から青へと色を移していく星霊エネルギー。

その光が照らすなか。

真珠《しんじゅ》色の髪《かみ》をなびかせた褐色《かっしょく》の少女が、ガラスの棺からゆっくりと起き上がった。

「……お目にかかり光栄でございます、始祖様」

その少女へ、片膝《かたひざ》をついて頭《こうべ》を垂れる。

始祖。

疑いようがない。既《すで》に弱まりつつあるが、覚醒《かくせい》の瞬間《しゅんかん》に放出されたあの星霊エネルギーの神々《こうごう》しさを見て、誰がその存在を疑うだろう。

「………………」

仮面卿の前に立つ少女。

擦《す》りきれた外套《がいとう》からのぞく痩身《そうしん》は褐色に日焼けして、まだあまりにも幼く見える。外見の年齢《ねんれい》はせいぜい十三か十四だろう。

その始祖が、暗い地底湖を一通り眺《なが》めまわして。

「……ここは王宮の地下か」

「左様でございます」

深々と頷《うなず》く。

仮面の下で、唇《くちびる》が三日月型につり上がるのを禁じ得ない。

なぜ今なのか？

この最強の星霊《せいれい》使いが目覚めた理由は、何なのか？

そんなことはどうでもいい。

帝国への復讐《ふくしゅう》。そして当主グロウリィの奪還《だっかん》を悲願とする月《ゾア》にとって、始祖の謎《なぞ》を一から十まで聞きだすことに意味はない。

──感情だけでいい。

帝国への復讐という「怒《いか》り」さえ共有できていれば、それで十分過ぎる。

「申し遅《おく》れました。私、ゾア家当主代理のオンと申します」

「ゾア？」

「始祖様の妹にあたる初代様は、三人の子に恵《めぐ》まれました。そのそれぞれが、現代では、ルゥ家・ゾア家・ヒュドラ家の三血族に分かれております」

「――――」

始祖が口を閉じる。

十代初めという外見には不釣《ふつ》り合《あ》いなほど、複雑で大人びた表情で。

「……どうでもいい」

「至極《しごく》同感でございます。始祖様にとって、現代の王政など些末事《さまつじ》に過ぎません」

立ち上がる。

小柄《こがら》な少女に一礼し、仮面卿は指を打ち鳴らした。

「すぐに我が血族を集めます。始祖様の手足として――」

「要《い》らない」

「というと？」

「…………」

真珠色の髪をなびかせる少女が、ちらりと仮面卿へと目をやって。

「私一人だ。帝都を焼き払《はら》――」

「待ちなさい！」

可憐《かれん》な声が、岩だらけの地底湖に響《ひび》きわたった。

続いて聞こえてくる足音。

「……っ」

金髪《きんぱつ》の少女が息を切らせて駆《か》けてくる姿に、内心、仮面卿は小さく舌打ちした。

これだけの規模の地鳴りだ。

誰かはやって来るだろうと思っていたが、まさか一番面倒《めんどう》くさい相手が最初に嗅《か》ぎつけてくるとは。

「やあ、どうしたんだね。そんな血相を変えて」

そんな感情はおくびにも出さず。

仮面卿は、極上《ごくじょう》の笑顔《えがお》でもって出迎《でむか》えた。

「――アリス君」

＝＝＝＝

二十分前。

「……はっ……っ……もう、こんな時に！」

アリスは、息を切らせて女王宮の階段を駆け下りていた。

昇降機《エレベーター》が動かない。

ここネビュリス王宮は「星の要塞《ようさい》」。フロア間を行き来する昇降機《エレベーター》も電気ではなく星霊エネルギーで動いているのだが、それが突如として停止した。

……城全体の星霊エネルギーが乱れてるわ。

……帝国《ていこく》軍が攻《せ》めてきた時だって、こんなことは起きなかったのに⁉

先ほどの鳴動からだ。

地面をひっくり返すような揺れが起きてから、この王宮に流れる星霊エネルギーが乱れ始めた。

「……本当にあの始祖だっていうの……女王様《おかあさま》！」

ここに女王はいない。

ひとまずの偵察を娘《アリス》に任せて、自らはホールで統括《とうかつ》指揮にあたっている。

だから――

なおさら自分が駆けつけなくてはならないのだ。

「冗談《じょうだん》じゃないわ！　もう二度と、あんなのを目覚めさせてなるものですか！」

一度相まみえたからこそわかる。

始祖ネビュリスは決して皇庁の味方ではない。この国の救世主などでは絶対ない。

復讐心に囚《とら》われた災厄《さいやく》だ。

〝帝国を消滅《しょうめつ》させる〟

〝私は魔女《まじょ》で、お前たちはその敵だ〟

帝国さえ滅ぼせば、あとはどうでもいい。

他にどれだけの犠牲《ぎせい》が出ようと、帝国とは無関係の者たちがその攻撃《こうげき》の余波でどれだけ傷つこうと厭《いと》わない。

始祖ネビュリスはそういう魔女なのだ。

……それは違《ちが》う。違うのよ！

……わたしが求めてる未来はそうじゃない！

だから止めるのだ。

「燐《リン》……」

こんな時に、彼女が隣《となり》にいてくれたらどれだけ心強いことだろう。

唇を噛《か》みしめて階段を降りきる。

地下へ。

王家の者しか許されない隠《かく》し道を駆けぬける。その先に、荒々《あらあら》しい岩肌《いわはだ》と真っ青に輝《かがや》く水の湧《わ》きでる光景が広がっていた。

――地底湖。

始祖を再封印《ふういん》するための場所として、女王が直々に指定した地だ。

そこに一歩入った途端《とたん》。

アリスの豊かな金髪が逆立つほどの勢いで、強烈《きょうれつ》な光と風が吹《ふ》き荒《あ》れた。

「……この気流は⁉」

なんて猛々《たけだけ》しく膨大、そして強い怒りに満ちた星霊エネルギーだろう。

否《いや》が応でも理解した。

この地底湖で何が起きたのか。いや、何が起きてしまったのかを。

「待ちなさい！」

声を嗄《か》らせて叫《さけ》ぶ。

「やあ、どうしたんだね。そんな血相を変えて」

よく通る朗《ほが》らかな男声がこだました。

仮面をつけた男が、息を切らせたアリスを歓迎《かんげい》するように両手を広げてみせる。

「――アリス君」

「……仮面卿」

目の前の男を睨《にら》みつける。

「あなたの仕業ですか？」

「私が？　いやいやとんでもない。これは始祖様ご自身の意思さ」

仮面卿が促《うなが》した先は、ガラスの棺。

その砕けた破片の中央に、真珠色の髪をなびかせる少女が立っていた。

空虚《くうきょ》。

としか言い様のない、感情の欠落したまなざしでこちらを見返してくる。

「……始祖」

遅《おそ》かった。

既に起き上がっている姿に、アリスは頬《ほお》の内側を噛みしめた。

「……久しぶりですね」

「――――」

始祖は無言。

と思いきや、アリスの存在など無かったかのように目をそらした。華奢《きゃしゃ》な素足《すあし》で岩肌の上を歩きだす。

「！　待ちなさい！」

吼《ほ》えた。

地底湖に幾度《いくど》もこだまするほどの大音量で。

「始祖ネビュリス、あなたを外には行かせない！」

「…………」

褐色《かっしょく》の少女が、足を止めた。

まるで時間が止まったよう。

アリスがそう錯覚《さっかく》しかけたほどにゆっくりと時間をかけて、ひどく気怠《けだる》げに、こちらに振《ふ》り向《む》いて。

「お前か」

「わたしを覚えて下さっているなら光栄ですわ。そしてわたしも、あなたが目覚めたせいでどれだけ苦労したかよく覚えています」

自分を庇《かば》って燐が倒《たお》れたこと。

中立都市エインに火の粉が降りそそぐ、戦禍《せんか》の景観。

いまもアリスの頭にこびりついて離《はな》れない。

「……帝国を滅《ほろ》ぼすおつもりですね」

「それ以外の何がある？」

「ただそれだけなら、止める道理はありません」

自分よりずっと小柄な少女――

妹《シスベル》よりも幼い。にもかかわらず、その無機的な瞳《ひとみ》に見つめられるだけでアリスの背筋からぞっと汗《あせ》が噴《ふ》きだした。

底が見えない。

いったいどれだけの力を、どれだけの憎悪《ぞうお》を、この小さな肉体に抑《おさ》えこんでいるというのか。

「現代の女王代理として申し上げます！　始祖よ、あなたの怒《いか》りは皇庁《おうちょう》の未来に繋《つな》がらない。帝国を滅ぼすために仲間さえ巻きこむのがあなたよ！」

拳《こぶし》を握《にぎ》りしめる。

「あなたの力は必要ないわ」

最古最強の魔女に刃向《はむ》かうという重圧。その息さえ詰《つ》まりそうな圧迫《あっぱく》感を受けながらも、アリスは声を振り絞《しぼ》った。

「世界統一の理想はわたしが成《な》し遂《と》げてる。あなたとは違うやり方で！」

「────────」

遠い、遠い沈黙《ちんもく》。

アリスの声が地底湖の岩肌にこだまして、細波《さざなみ》のように消えていく。

どれだけの時間が流れただろう。

……ふう、と。

褐色の少女の唇《くちびる》から零《こぼ》れたものは、生気の欠けた溜息《ためいき》だった。

「失《う》せろ、娘《むすめ》」

その一言と同時に──

アリスの視界は、紅蓮《ぐれん》の炎《ほのお》に包まれた。

2

帝国領。

第二十一都グラスナハト。

この特急列車の最終目的地である帝都《ていと》まで、距離《きょり》にして残り百キロ圏内《けんない》──

「あー、疲《つか》れたぁ……」

ごろん、と。

主要駅《ターミナル》のベンチに横たわって、ミスミスが大きく息を吐《は》きだした。

「いくら快適な個室でも、一晩中電車の中で揺《ゆ》すられ続けるとさすがに疲れるよ……帝都、遠いねぇ……」

「もう目と鼻の先じゃねえか」

ベンチの傍《かたわ》らに立つジン。

ホームに停車中の特急列車をちらりと見つめて。

「この主要駅《ターミナル》を発《た》ったら、あとは帝都まで直行だ」

「……あれ？」

そんな会話を後目《しりめ》に。

ふと、イスカは駅のホームを見回した。この場にいるのは自分とジンとミスミス隊長の三人だ。一緒《いっしょ》にいたはずの音々《ネネ》とシスベルがいない。

さらに言えば璃洒《リシャ》も。

「ミスミス隊長？　僕ら以外の姿が見えないんだけど」

「あー。璃洒ちゃんならちょっと用事って言って主要駅《ターミナル》の外に出て行ったよ。列車が動く時間までには戻《もど》ってくるって」

「じゃあシスベルと音々は？」

「……ここ……ですわ……」

青白い顔のシスベルが、特急列車の車内から現れた。

音々に肩《かた》を借りて、まるでひどい二日酔《ふつかよ》いに苦しむ会社員のような千鳥足。よろよろと、今にも転びそうになりながらベンチまでやってきて。

「………列車酔《よ》いしました……ああ、音々さん、お手数おかけしましたわ」

そしてベンチに倒れこむ。

ちなみに、既《すで》にミスミス隊長が寝転《ねころ》がっている上からだ。

「ふぎゃっ⁉」

「あ……ミスミス隊長。そんなところに寝転がっていると踏《ふ》んづけてしまいますわ。お気をつけて」

「もう踏んづけられた後だよ⁉　アタシの鼻が、シスベルさんのお尻《しり》に！」

ミスミス隊長が飛び起きる。

ちょうどそんなミスミスの手提《てさ》げ鞄《かばん》から、小さな着信音。

「……あれ？　誰《だれ》かから連絡《れんらく》だ」

司令部だろうか。

あるいは主要駅《ターミナル》の外に出て行った璃洒か。そう思ったミスミスが、通信機のモニターに顔を近づけて。

「はい、こちらミスミス——」

『遅い。まだ帝都につかないのかい？』

「ひゃぁぁぁぁぁっっっっ!?」

声を裏返らせてミスミスが飛《と》び跳《は》ねた。

持っていた通信機を投げだしてしまうほどの驚《おどろ》きよう。それも当然。通信機のモニターに映ったのは人間ではなかったからだ。

銀色の毛皮をした獣人《じゅうじん》。

そんなものにモニター越《ご》しに見つめられたのだから、ミスミス隊長が驚くのも無理はあるまい。

「え……っ……あ、あの……ええと！」

『……あはっ。驚かせたかな？　メルンの見た目がそんなに怖《こわ》いかい？』

天帝《てんてい》ユンメルンゲン。

不気味がられたという割には、そんな反応さえ面白《おもしろ》がるような悪戯《いたずら》っぽさで。

『シスベル王女はちゃんと来てるだろうね？』

「こ、ここにいますわ！」

座りこんでいたシスベルがはっと目をみひらいた。

ミスミス隊長の通信機に顔を近づけて、天帝を食い入るように睨みつける。

「わたくし逃《に》げも隠《かく》れもしませんよ！　もう帝都のすぐ間近です……え、ええと、そう。今は第二十二都ガラスマハハですわ」

「第二十一都グラスナハトだ。何一つ合っちゃいねぇよ」

「う、うるさいですわジン……それより天帝！」

『なんだい？』

「……燐は、無事でしょうね」

奥歯《おくば》を噛《か》みしめるシスベル。

「わたくしの力を欲《ほっ》していることは聞きました。これは交換《こうかん》条件です。燐を無事に──」

『いま見せてあげるよ』

「はい？」

映像が切《き》り替《か》わった。

天帝から、天帝のすぐ横に座っている茶髪《ちゃぱつ》の少女へ。

「燐⁉」

『……シスベル様』

「燐、無事なのですね！」

『……粗末《そまつ》な扱《あつか》いは受けておりません。この部屋に留《とど》まることを条件に、手錠《てじょう》も外された状況《じょうきょう》です……が』

カメラを向けられた燐が、こちらを向いて歯を食いしばった。

『……このような慰《なぐさ》み者《もの》の立場を悔《くや》しく思います。シスベル様、私のことなど気にせず、どうかご自分の安全を第一に――』

『はい王手』

『あ⁉　おい貴様っ！』

シスベルや第九〇七部隊《イスカたち》の目の前で。

カメラの向こうの燐が、何やら慌《あわ》てて天帝の方に振り返《かえ》った。

『これでメルンの三十一連勝か。まったく口ほどにもない』

『貴様、卑怯《ひきょう》だぞ！　私がシスベル様と話している隙《すき》に駒《こま》を進めるとは。それでも帝国《ていこく》の首領か！』

『はぁ……。まったく口ほどにもないねぇ』

『何だと！　ならばもう一度だ、次こそ貴様の薄《うす》っぺらい笑《え》みをぐしゃぐしゃに――』

「……燐？」

モニター越しに捕虜《ほりょ》を見下ろすシスベルが、大きく溜息。

すっかり脱力《だつりょく》しきった表情で。

「……あなた捕虜なのに余裕《よゆう》ありますわね。もうそろそろ列車の出発時刻なので切りますわ。精々その元気でいてください」

「だからー。心配いらないって言ったでしょ。シスベル王女？」

炭酸ジュースの缶《かん》を片手に。

璃洒が、のんびりした歩調でやってきた。

「ああ、もう通信切っていいですよ。そちらの捕虜が元気してるっていうのはわかってもらえたでしょうし」

「……ええ。わたくしが拍子《ひょうし》抜《ぬ》けするくらい元気そうでしたわ」

通信機をミスミスに投げ返して、シスベルが嘆息《たんそく》。

「燐を放置して皇庁に戻りたくなりました」

「それは困りますってば。ってわけでほら、こっちこっち」

璃洒が手招き。

指さした先はホームに停車中の特急列車……ではなく、ホームの奥にある改札だ。

「レンタカーを用意したんで。こちらに乗《の》り換《か》えてくださいな」

「はい？　どういうことですの」

ミスミスの訴《うった》えを聞き流し、シスベルが璃洒へのまなざしを鋭《するど》くした。

「帝都に向かうのでは？　この特急列車に乗ればあと数時間で着くというのに」

「ええそうですよ」

「……そのレンタカーで、わたくしをどこに連行する気ですか？」

「あはは、またまた人聞きの悪い」

璃洒が暢気《のんき》に手を振《ふ》ってみせる。

「もちろん行き先は帝都ですよ。ただ寄り道したい場所があるってだけですよん」

「どこへです？」

「…………」

くすっ、と。

天帝参謀《さんぼう》の唇《くちびる》が、意地悪っぽい笑みを湛《たた》えて。

「あなたを捕《つか》まえていた狂《きょう》科学者ケルヴィナって覚えてます？」

「忘れるもんですか」

「あの女の研究所《アジト》がまだ残ってるとしたら？」

「……何ですって！」

「説明は車の中でね。ほら、イスカっちもそんな険しい表情しないでいいよ。ジンジンも音々たんもミスミスもね」

そう言い残して、璃洒が意気揚々《いきようよう》と改札の外へと出てしまう。

「……ど、どうするのです」

「どうもこうもねぇだろ」

シスベルの小声に、ジンが溜息《ためいき》口調で応じてみせた。

「帝都《ていと》に向かう前のお遣《つか》いだ。どうせ天帝の息がかかった案件だろうからな。ここで道草したって天帝も怒《おこ》りはしねぇだろ」

「……燐の救出以外には興味ないところですが」

シスベルはその場で腕組《うでぐ》み。

「あの女の研究所《アジト》がまだ残っているというのは不気味です。あの女の研究は、星霊《せいれい》に対する冒瀆《ぼうとく》そのもの。皇庁の王女として捨て置けませんし、木っ端微塵《こっぱみじん》に破壊《はかい》してこの世から消滅《しょうめつ》させてみせますわ。イスカが」

「僕っ⁉」

「わたくし荒事《あらごと》は得意ではありませんから。頼《たよ》りにしてますわ」

「……都合がいいなぁ」

「さあ行きますわよ！」

颯爽《さっそう》と歩きだすシスベル。

軽《かろ》やかになびくストロベリーブロンドの髪《かみ》を追いかけて、イスカは駅の改札を抜《ぬ》けた。

一時間後——

六人乗りの大型レンタカーの後部座席で。

「……璃洒とやら」

「なんですかシスベル王女」

「この街のどこに研究所があるのです？　かれこれ車に揺《ゆ》られて一時間以上は走っているのに、どこを見ても高層ビルばかりではないですか」

「そういう偽装《カモフラージュ》かな？　ビルの中に隠してるんじゃないですか？」

「かな……って」

「ウチもさっき連絡《れんらく》があって知ったばかりですし。ああ音々たん、あと百メートルくらい走った先の交差点を右ね」

助手席に座っている璃洒。

音々に運転を任しつつ、本人は目的地までの案内役《ナビゲート》だ。

「ほらミスミス、覚えてる？　ミスミスたちが見つけた狂科学者《ケルヴィナ》の研究所《アジト》、地下に怪《あや》しい端末《たんまつ》がたくさんあったじゃない」

「あっ、うん！　シスベルさん捜索《そうさく》でそれどころじゃなかったけど」

「触《さわ》んなくて正解ね。あれパスワード間違《まちが》えると研究所《アジト》ごと爆発《ばくはつ》してたっぽいし」

「げっ……!?」

「ってわけで、帝国軍の情報部隊が精鋭《せいえい》そろえて出動したの。一晩かけて慎重《しんちょう》に端末からデータを抜きとって、そこに――」

「別の研究所《アジト》があるってのが判明したと。そこが俺らの目的地か」

車窓の向こうを見つめるジン。

半分ほど開けた窓から吹《ふ》きこむ風に、逆立てた銀髪《ぎんぱつ》を揺らしながら。

「だからって使徒聖殿《どの》、それ以外はどうなんだ。その研究所《アジト》が危険かどうかだけでも憶測《おくそく》ついてんだろ？」

「――――」

「おい」

「たぶんヤバい、ヤバい」

「……っ」

ジンが眉根《まゆね》を寄せた。

いつものように言葉遣《ことばづか》いこそ軽いものの、そう告げる璃洒の声に並々ならぬ「重さ」が滲《にじ》み出《で》ていたからだ。

「どういう意味だ使徒聖殿」

「いやぁ助かったよイスカっち」

車のバックミラーを介《かい》して。

助手席の璃洒のまなざしが、後部座席へ。

「心強い戦力がいてくれて。ウチってば使徒聖の中でも戦闘《せんとう》向きじゃないしねぇ」

「……僕はすごく嫌《いや》です」

「おや？　そりゃどうして」

「…………」

答えるまでもない。

使徒聖級の戦力が要《い》る。それも璃洒一人では手に負えないような敵が待ち構えている。

璃洒の「ヤバい」はそう言う意味だ。

ミスミスも、音々も。

帝国兵ではないシスベルさえ口元を閉じて、緊張《きんちょう》を滲ませている。

……だけど何が待ち受けてるっていうんだ。

……あの狂科学者《ケルヴィナ》は、まだ別の何かを研究してたっていうのか？

人間を「魔女《まじょ》」化させる研究。

人間を「堕天使《だてんし》」化させる研究。

そして人造星霊と呼ばれた『カタリスクの獣《けもの》』。

まだ何かあるというのか。天帝《てんてい》参謀の璃洒をして警戒《けいかい》させるほどのものが。

「……ろくな話じゃねえな」

忌《い》ま忌ましげにジンが舌打ち。

「で、使徒聖殿？　その研究所《アジト》ってのはどこにあるんだ」

「もう目の前よん。ああ音々たん、そこの交差点を曲がったら直進ね。ずーっと百メートルくらいまっすぐに」

「うん……え？　な、何この状況《じょうきょう》！」

交差点を左折するや、音々が急ブレーキ。

そして停車。

間一髪《かんいっぱつ》だ。音々のブレーキが数秒でも遅《おそ》ければ、この車は帝国軍《ていこく》のバリケードに突《つ》っ込《こ》んでいただろう。

「て、帝国軍っ⁉」

シスベルが悲鳴を上げた先には、物々しい鉄網《てつもう》のバリケード。

立っているのは対星霊盾《ライオットシールド》を構えた帝国軍の武装部隊。それが何十人という単位で、あたり一帯を包囲しているではないか。

「はいはいシスベル王女、気にしないでってば。この兵たちはただの人除《ひとよ》けね。野次馬と、あと記者とかカメラマンとか」

璃洒が、颯爽と車の外へ飛びだした。

おいでおいでという手招きに従って、イスカたちも外へ。

「……うう。本当に車の外に出るのですか？」

「だ、大丈夫《だいじょうぶ》だよシスベルさん。……たぶん」

縮こまるシスベルの手を握《にぎ》るミスミスも、その実、笑《え》みが引《ひ》き攣《つ》っている。

帝国兵は同僚《どうりょう》だが、今のミスミスは魔女なのだ。帝国兵が用意している星霊エネルギーの検出器に反応してしまったら――

「はーい、お待たせ諸君」

そんなイスカたちの心境を吹き飛《と》ばす陽気さで、璃洒が武装部隊へと歩いていって。

「ロンドル隊長、司令部との通信は？」

「はっ。工場の包囲および監視《かんし》カメラの設置は万全《ばんぜん》です。虫一匹《ぴき》も逃《のが》しません！」

名指しされた隊長が敬礼。

「一階裏側の扉《とびら》は、定刻一〇二〇に解錠《かいじょう》が完了《かんりょう》しております。部下が待機しておりますので、いつでも突入《とつにゅう》可能です」

「ほいご苦労さま。で、こっちだけど――」

その場の武装部隊を一瞥《いちべつ》しつつ、璃洒がこちらに目配せ。

「ウチと一緒《いっしょ》に突入する調査班ね。機構Ⅲ《サン》師所属の第九〇七部隊。ネウルカの樹海であの氷禍《ひょうか》の魔女を撃退《げきたい》した部隊だから。腕《うで》は確かよ」

「承知しました」

何十人という武装部隊の視線が、こちらに集中。

イスカ、ジン、音々、ミスミス隊長。いずれも私服だが帝国軍の身分証によって所属は明らかだろう。

「璃洒様、その少女は？」

「っっ！」

帝国軍の隊長に見下ろされ、魔女の姫《シスベル》がビクッと肩《かた》をふるわせた。

「見たところ帝国軍所属ではないようですが」

「ふふん？　気になるのね隊長」

璃洒が、そんなシスベルの肩へと親しげに手をのせた。

そして実にいたずらっぽい口ぶりで。

「超極秘《ちょうごくひ》情報よん。この子、天帝陛下の孫娘《まごむすめ》シスベル嬢《じょう》ね」

「なっ⁉」

「〜〜〜〜〜〜〜〜〜〜〜〜〜〜〜〜〜〜〜〜〜〜〜〜〜〜っっ⁉」

目をみひらく隊長。

その目の前では、シスベル本人の顔がみるみる溶岩《ようがん》のように赤くなっていき。

「ぶ、無礼者っ！　だ、だれがあんな毛むくじゃらした人外の……むぐぅっ⁉」

「はーい孫娘さま。声が大きいですよ？」

璃洒が、シスベルの口を手で塞《ふさ》いで。

「あなたは天帝の孫娘。五年後には帝国軍の司令部に推薦《すいせん》されることになる。今回はそのための現地学習の一環《いっかん》だから。天帝参謀《さんぼう》のウチがここに出張ってきたのも、そんなあなたの指導員ってわけ」

「…………」

「はい良い子。そのまま静かにしてて下さいね？」

シスベルの口を塞いだまま璃洒がウィンク。

「ってわけよ隊長。天帝陛下の推薦でいずれ司令部入りするから、今のうちに現場経験を積ませておけって陛下からの命令ね」

「そ、そのような事情が！　失礼しました！」

隊長とその部下たちが慌《あわ》てて後退。

あたかも海が割れるように、道を封鎖《ふうさ》していた武装部隊が左右に分かれていく。

「じゃ、冒険《ぼうけん》にいくわよ諸君」

「……後で思いきり文句言いますからね」

独り言のように呟《つぶや》いて、璃洒の後をシスベルが追いかける。

その後ろを第九〇七部隊も追いかけて——

「昔話してあげよっか」

バリケードで囲まれた道を進みながら。

先頭の璃洒が、ふと思いだしたように口にした。

「この国の帝都《ていと》は、百年前、始祖ネビュリスの反乱によって燃《も》え尽《つ》きました。そしてそのまわりの都市もひどい被害《ひがい》を受けました」

「……いきなり何ですか」

シスベルが口調を鋭《するど》くして。

「百年前の帝国が被害者だったとでも？　それを言うならわたくしたち星霊《せいれい》使いを差別したのはあなたがた帝国の――」

「残ってるんですよね、え。何が残ってると思います？」

「？」

「戦火で燃えて、そのまま使われなくなった工場群が。今でこそ帝都は綺麗《きれい》になったけど、帝都からちょっと外れたら、大昔の廃《はい》工場が敷地《しきち》ごと手つかずで残ってる」

ぱっと視界が開ける。

バリケードが続く先には、広大な空き地が広がっていた。

「えっとぉ……璃洒ちゃん？」

廃工場。

そのコンクリート塀《べい》にある「取《と》り壊《こわ》し予定」の張《は》り紙《がみ》を指さして、ミスミス隊長が訝《いぶか》しげに顔をしかめた。

「このビル、もうじき壊すみたいだよ。ここが大事な研究所《アジト》なら壊したりしなくない？」

「ところが狂科学者《ケルヴィナ》の端末《たんまつ》には、このビルの所在地が入ってたのよね」

野草が生《お》い茂《しげ》る敷地を進んでいく璃洒。

裏口の扉へ。

両開きの扉が拉《ひしゃ》げてこじ開けられている。わずかに燻《くすぶ》る火薬の臭《にお》いは、入り口を固める武装部隊が錠《じょう》を破壊《はかい》するために使ったものだろう。

「ちなみに司令部が調べた結果、この工場、十年以上も前から『取り壊し予定』って告知されてるんだって」

「……へ？」

「廃工場のまま放置するのにちょうどいい偽装《ぎそう》でしょ？」

閑散《かんさん》とした工場内部へ。

ケルヴィナが拠点《きょてん》としていた屋敷《やしき》とは打って変わり、天蓋《てんがい》から差しこむ日差しのおかげで中は驚《おどろ》くほど明るい。

そして何もない。

工場というより、ただただ広い空っぽの倉庫といった雰囲気《ふんいき》だ。

「……あの、何もありませんわよ？」

埃《ほこり》の積もった床《ゆか》を見下ろすシスベル。

「わたくしが捕《つか》まっていた場所は、あれほど大量の機械端末と、星霊エネルギーを発する怪《あや》しげな機械炉《ろ》があたり一面に設置されていましたが」

「お手並み拝見ですよ、シスベル王女」

璃洒が通信機を取りだした。

司令部とのやり取りらしき電子文《メール》を見つめながら。

「今から四十三日前の午前二時。さっき通ってきた道の監視カメラに、狂科学者《ケルヴィナ》と思《おぼ》しき女がこの工場に入っていく姿が映っていたそうです」

「…………」

「時間は特定できています。これなら再現できますね？」

「……そういうことですか」

魔女の姫《ひめ》が、己《おのれ》の胸に手をそえた。

胸元《むなもと》の第三ボタンまでを外して、鎖骨《さこつ》のすぐ下あたりに貼《は》っていたシールを剝《は》がす——

広々とした工場内に、淡《あわ》い星霊光《せいれいこう》が広がった。

「——星よ」

虚空《こくう》に、映写機のように光が集まって、一人の人間を描《えが》きだす。

この工場で目撃《もくげき》されたという女をだ。

「あなたの過去を見せてちょうだい」

〝待っていたよ〟

女研究者ケルヴィナ。

極東アルトリア管轄《かんかつ》区で相まみえた時と同じ、何年も櫛《くし》を通していないようなぼさぼさの臙脂《えんじ》色の髪《かみ》に、白衣を肩に引っかけている。

璃洒の言葉を借りるなら「四十三日前」のケルヴィナだ。

「……正直、もう二度と見たくない顔ですわ」

シスベルが唇《くちびる》を噛《か》みしめる。

その間にも、灯《ともしび》の星霊がさらに映像を進めていって——

次に映ったのは輸送業者らしき男たち。

ケルヴィナの手招きに合わせて、二人組の男が、巨大《きょだい》コンテナを次から次へと工場内に運びこんできた。

〝大切に運んでくれたまえ。貴重な資材だからね。もしも落として壊したら、代償《だいしょう》は君の身体《からだ》を実験サンプルとして……ああいや、これは独り言だよ〟

〝この奥だ〟

……ガコンッ。

ケルヴィナが工場の内壁《ないへき》を指さした途端《とたん》、壁《かべ》が凹《へこ》んだ。

二重壁。

二つの壁に挟《はさ》まれた隠《かく》しスペースには、地下へと続く階段が。

「おー。確かにこれは便利な力」

璃洒の唇から感嘆《かんたん》の声が漏《も》れた。

目の前の映像と、そしてシスベルの両方を見比べて。

「いやはや怖《こわ》いですね。こんだけ便利な情報収集ができるなら、さぞネビュリス皇庁でも家臣から怖がられてきたんじゃないですか？」

「――」

「おっと失敬」

璃洒がぺろりと舌を出す。

「とはいえご苦労でしたシスベル王女。お次はイスカっち、この壁を――」

言われるまでもない。

イスカが無言で抜《ぬ》いた黒鋼《くろがね》の剣《けん》が、内壁を切《き》り裂《さ》いた。

砕《くだ》ける隔壁《かくへき》。

ガレキのように崩《くず》れていく壁の向こうから、地下へと続く階段が現れた。

すべて映像の通りだ。

「さて行きますか」

璃洒がリズム良く階段を降りていく。

続いてシスベル、その後ろから第九〇七部隊が進んでいって――

モニターだらけの大広間。

イスカたちが一歩踏《ふ》み入《い》れたそこは、壁という壁が大小様々なモニターで埋《う》めつくされた大部屋だった。

何百いや千に届くかもしれない。

天井《てんじょう》も、横壁《よこかべ》も、もはや壁面《へきめん》が見えないほどに大量のモニターが、壁にこびりつくように設置されている。

そのすべてが今も起動中。

いずれのモニターも、上から下へ、緑色の文字列が延々と流れていっている。

「これまた異様だな。極東アルトリアで見た研究所とも違《ちげ》ぇぞ」

「……ああ」

ジンの呟きに、イスカは小さく頷《うなず》いた。

何だここは。

……星霊の研究所じゃないのか？

……前に見たケルヴィナの研究ホールとはまるで違《ちが》うじゃないか。

〝巨大な機械炉が設置され——〟

〝この淡い蒼碧色《せいへきしょく》は、機械炉の奥から溢《あふ》れていた〟

自分たちが見たケルヴィナの研究所《アジト》は、地底の星脈噴出泉《ボルテックス》から星霊と星霊エネルギーを吸い上げて、巨大な機械炉で増殖《ぞうしょく》させていた。

だが、ここはどうだ。

そんな機械炉も、輸送ダクトも何一つない。

無数のモニターが壁を埋めつくし、そこから延びたケーブルが木の根のごとく複雑に絡《から》まりあって床を這《は》っている。

「……ひょっとして観測施設？」

ぽつりと。

一際《ひときわ》目立つ巨大モニターを見上げて、音々が独り言のように呟《つぶや》いた。

「璃洒さん、ここにある入力鍵盤《キーボード》、触《さわ》っていい？」

「いいわよ音々たん」

「じゃあ……」

音々の指先が躍《おど》るように入力鍵盤《キーボード》を叩《たた》いていく。

イスカには到底《とうてい》わからぬ数式と文字列を組み合わせ。それを何十行と入力した結果。

〝『第79次報告書』〟

イスカたちの頭上。

映画館のスクリーン並に巨大なモニターに、表示された報告内容は――。

〝八大使徒へ〟

〝星の民《たみ》の[redacted]再現、サンプルを送付する〟

〝……喜ばしき日だ。被検体《ひけんたい》Vの魔女《まじょ》化、そして被検体Eという想定外《イレギュラー》を経て、私の仮設は九割方、実証された〟

〝人と星霊の統合についての仮説がだ〟

〝星霊《せいれい》を宿した人間を「魔女」「魔人《まじん》」と呼ぶ〟

〝百年前から知られてきたこの事実だが、四十七年前、カタリスク汚染《おせん》地から採取された星霊エネルギーに妙な不純物が含《ふく》まれていることを私は突《つ》きとめた〟

〝星霊に似た、けれど非なるモノだ〟

〝どういう性質かというと、既《すで》に星霊を宿した人間に宿る。つまり二重憑依を起こすのだ。

あいにく依《よ》り代《しろ》を選ぶため適合者は少ないが〟

〝適合者たちは、通常の魔女や魔人をはるかに凌駕《りょうが》する力を得るらしい〟

〝ただし力の代償に、異形の姿へと変化する〟

〝私が『被検体』と呼ぶ者たちだ。実に興味深い〟


「……これは……」

モニターに映る文字群を見上げ、ジンが眉間《みけん》に皺《しわ》をよせた。

「ヒュドラ家の、ヴィソワーズとかいう化け物の正体か？　星霊を宿したからじゃない。星霊以外の、か、か、ものを宿したからあんな姿になった……だと……？」

「……音々もそう読めると思う」

こくんと、擦《かす》れた小声で頷く音々。

その隣《となり》ではミスミス隊長はもちろん、シスベルさえも瞬《まばた》きを惜《お》しんでモニターを見上げて立《た》ち尽《つ》くしている。

唯一《ゆいいつ》、まだ平静を保っているのは――

「璃洒さん」

「ん？　なんだいイスカっち。そんな鬼気迫《ききせま》る表情して」

璃洒がちらりと振《ふ》り返《かえ》る。

「ウチに何が聞きたいって？」

「……璃洒さんは、このモニターの情報をどこまで知ってたんですか？」

「ここまでは知ってる。ウチも天帝《てんてい》もね」

はぐらかされる。

イスカのそんな覚悟《かくご》をよそに、天帝参謀《さんぼう》はあっさりと頷いてみせた。

「ウチが知りたいのはこの先」

「……この先？」

「ってわけで音々たん。ほら先、先！」

璃洒に急《せ》かされた音々が、「う、うん」と慌《あわ》てて入力鍵盤《キーボード》に向かい合う。

先と同じく、何かを打ち込んでいって——


〝……私は、この現象を次のように整理する〟

〝人間＋星霊＝いわゆる星霊使い〟

〝人間＋星霊＋『それ以外』という三番目の要素が加わることで、星霊使いだった人間は、新たな姿に変貌《へんぼう》する〟

〝魔女ヴィソワーズのような例がそれにあたる……が〟

〝現段階の研究では、どうしても三人の完全適合者に及《およ》ばない〟

〝天帝ユンメルンゲン＝星霊＋星の防衛意思〟

〝始祖ネビュリス　＝星霊＋星の迎撃《げいげき》意思〟

〝被検体イリーティア＝星霊＋[redacted]（星の民が『大星災』と呼び恐《おそ》れたもの）〟

〝研究を続けよう〟

〝あの三人に追いつくのだ。特にイリーティアはアレと完全に融合《ゆうごう》しつつある。この星の、世界最後の魔女へと変貌しつつある〟

〝……カタリスク汚染地への調査を進めねば〟

〝「V」「E」「L」「A」「P」「N」「O」「W」の全員承認《しょうにん》。[redacted]の眠《ねむ》る百億の星の都《レイネンヘーベ》の座標を複数検出。五年後に向けた転移予想を急ぐ……〟


ぷつっ、と切れる画面。

表示されていた「報告書」が消えて、再び、モニター画面には意味不明な文字列が流れ始めた。

「……これで全部だよね」

恐る恐る、口にしたのはミスミス隊長だ。

「ヴィソワーズって名前があったから太陽《ヒュドラ》が絡んでるのはわかったけど、何だか不穏《ふおん》な感じだよね。天帝とか始祖の名前も出てきたし。でも最後のアルファベットはさっぱりかも。ねえ璃洒ちゃん、璃洒ちゃんが知りたかったことって——」

「あったわよ」

「へっ⁉」

「ヴィトゲンシュラ、エティエンヌ、ルクレゼウス、アレーテン、プロメスティウス、ノヴァラシュラン、オーヴァン、ワイズマン」

詩を歌うように滑《なめ》らかに。

ミスミスへと振り向《む》いた璃洒が、軽《かろ》やかに諳《そら》んじてみせた。

「ってわけよミスミス？」

「何がっ⁉」

「八大使徒の名前の頭文字よん。V、E、L、A、P、N、O、W。さっきの画面に映った承認者のアルファベットと一致《いっち》するでしょ」

「…………………………え？」

「ウチや天帝が知りたかったことその一。はるばる来た甲斐《かい》があったわねぇ」

璃洒がくるりとその場で反転。

もはやこの場に用はないと言わんばかりに、巨大《きょだい》モニターに背を向けて。

「さっきの報告にあったでしょ。天帝陛下があんな姿になったのには理由がある。けれど、あれは天帝陛下が望んだ姿じゃない。だから陛下は、二度と自分のような悲劇を起こしてはならないと、そのために帝国内での一般人の星霊研究を禁止した」

「……えっ⁉」

「意外でしょう、シスベル王女？」

シスベルを見下ろす天帝参謀。

「帝国《ていこく》領内で星霊研究が禁止されているのは、星霊が邪悪《じゃあく》なものだから。なーんて皇庁では言われてるんでしょうけどね」

「……ち、違うと言うのですか！」

「天帝陛下は一度としてそんなこと言ってないですよ？」

璃洒が、おどけるように肩《かた》をすくめてみせた。

「民間機関の星霊研究は禁止。かつ、帝国唯一の星霊研究機関オーメンを天帝直轄《ちょっかつ》にして研究範囲《はんい》を限定させたのも、二度と同じ悲劇が生まれないように」

「で、ではケルヴィナの、この研究は何だというのです！」

「天帝陛下への背徳行為《こうい》」

「……っ」

シスベルが息を呑《の》む。

璃洒の唇《くちびる》が紡《つむ》いだ声には、それほどまでに冷たい怒《いか》りが湛《たた》えられていた。

「その黒幕が今ようやくわかったってわけですよ。あのアルファベットでね。あの八人、なかなか尻尾《しっぽ》を出さないしね。でもようやく完全な物的証拠《しょうこ》が出てきたんで。あとはこのデータを抽出《ちゅうしゅつ》して帝都《ていと》に戻《もど》れば……」


『──終わりなのだよ』


雑音《ノイズ》まじりの声が、大ホールにこだました。

自分たちが見上げていた巨大モニター。その画面を流れる文字が掻《か》き消えて、そこに、人影《ひとかげ》のようなシルエットが浮《う》かび上《あ》がる。

その人影が、画面の中から這い上がってきた。

『璃洒。皇庁の魔女シスベル。そして黒鋼《くろがね》の後継《こうけい》イスカ。君たちが帝都に着くことはない。この冷たい地下が終着点だ』

「なっ⁉」

「おや、イスカっちは見慣れてるでしょ。帝国議会《ぎかい》のモニター越《こ》しに」

「……え？」

「八大使徒が一人。まあウチも、モニターから出た姿を見るのは初めてだけどさ」

眼鏡の奥で、璃洒が針のように目を細めた。

幽霊《ゆうれい》じみた朧《おぼろ》気《げ》なホログラム映像が空中に浮かび上がる。それを見つめる璃洒の視線には、好意という感情が一切《いっさい》なかった。

「その声はルクレゼウスさん？　帝国議会からわざわざ出張とは。ウチらが見つけたこの記録がそんなに危《あや》ういと」

『いかにも』

「お？　意外とあっさり認めましたね？」

『君に隠《かく》しても詮無《せんな》きことさ。一を聞いて十を知る君ならば、今の報告書からそれ以上のことも察したに違《ちが》いない』

「だから証拠隠滅《いんめつ》に焦《あせ》って現れたと」

『証拠を消すのではない。目撃者《きみたち》を消すのだよ』

ぞくっ。

その一言に、イスカの首筋から背中にかけてを形容しがたき悪寒《おかん》が駆《か》けぬけた。

八大使徒。

帝国の政治も軍事も何もかもを牛耳《ぎゅうじ》っていた最高権力者たち。

……今のでわかったことがある。

……天帝と八大使徒は、水面下で対立してたんだ。ずっと最初から！

天帝の寝首《ねくび》を掻こうとする八大使徒。

だから天帝参謀の璃洒は、その証拠を摑《つか》むためにここにやってきたのだ。

「いやぁ。あいにくですが八大使徒《ルクレゼウス》さん？」

やれやれと。

鋭《するど》い視線のままで、璃洒が肩をすくめてみせる。

「張りきってお越《こ》しになったのはいいですが、そんなホログラムのお姿ではねぇ。そちら、百年前にとっくに肉体が老いたから捨てちゃったんでしょう？」

『我らが魂《たましい》は、再び現世に宿るのだよ』

轟《ごう》ッ！
八大使徒《ルクレゼウス》のホログラムの後方。
壁《かべ》一面に設置されたモニターが次々と、雪崩《なだれ》のように床《ゆか》へと滑《すべ》り落《お》ちた。そして残った
真っ平らな壁が、大きく左右に裂《さ》けていく。
その先には——
蒸気を噴《ふ》きだす、巨大な機械炉《ろ》が。
「イスカ！　ケルヴィナの屋敷《やしき》の地下にあったのと同じ炉ですわ！」
「……ああ」
身構えるシスベルの隣《となり》で、イスカも星剣《せいけん》を引《ひ》き抜《ぬ》いた。
炉から噴きだす蒸気。
星霊《せいれい》エネルギーの光を含《ふく》んで神々《こうごう》しく輝《かがや》く蒸気が、巨大な炉から噴き上がっている。
あの中に何かがいる。
『殲滅物体《オブジェクト》の後継作だよ』
炉が、砕《くだ》けた。
ぶ厚い金属製の覆《おお》いが内側から吹《ふ》き飛《と》んで、たちこめる蒸気の奥からは地鳴りにも似た

足音が近づいてくる。

「獣《けもの》⁉　いや……機械兵か⁉」

『ケルヴィナの言葉を借りるなら半霊半機の巨星兵《きょせい》。機械パーツの代わりにありったけの星体部品を接合した代物《しろもの》だよ』

二足歩行で動く「生き物のような機械」。

機械だが、まるで蛇《へび》の鱗《うろこ》のように滑《ぬめ》りがある。

機械だが、まるで獅子《しし》の脚《あし》のように逞《たくま》しく筋肉質なのだ。

そして息づかい。動物の呼吸と同じように全身を上下させ、そして星霊エネルギーの蒸気を吐《は》きだす様はまさに生物そのもの。

『八大使徒《われわれ》は百年前に肉体を捨てた。電脳体である八大使徒《われわれ》を乗せる器《うつわ》を求めてね』

八大使徒《ルクレゼウス》のホログラムが消失。

それから間もなく――

機械兵の目に、強い光が灯《とも》った。

『これがその器だ。八大使徒《われわれ》の魂を乗せる巨星兵だよ』

一言で喩《たと》えるなら「銀色の殲滅物体《オブジェクト》」。

機械パーツの隙間《すきま》から蒸気を噴きだす巨人《きょじん》が、まさしく人のように両手を広げた。

『残るはエネルギー』

「あら意外。そんな仰々《ぎょうぎょう》しいお姿で、まだ何かほしがってるのですか八大使徒殿《どの》？」

『星霊エネルギーでは足りない』

八大使徒《ルクレゼウス》──

巨星兵を操《あやつ》る魂の、震《ふる》える声音《こわね》。

『百年前はそうだった。この巨星兵を起動するために、我々が欲《ほっ》したのは蒸気や電気といった既存《きそん》エネルギーを超《こ》える可能性、すなわち「星霊」だった……が、遂《つい》に見つけたのさ。星霊を超える力を！』

「……へぇ」

璃洒が、ピクリと片眉《かたまゆ》を吊《つ》り上げた。

「天帝《てんてい》陛下もそんなことを言ってましたっけ。ただアレは、おそらく何人《なんぴと》にも制御《せいぎょ》できないものですよ？」

『使いようだ。この星の中枢《ちゅうすう》に眠《ねむ》るアレこそ、我々が求める究極のエネルギーだ。なにせ狂科学者《ケルヴィナ》をも虜《とりこ》にしたほどの存在だからね』

「で？　その力で、天帝陛下に謀反《むほん》を起こすと？」

『星霊の時代が終わるのだよ』

地底を揺《ゆ》らす足音。

足下《あしもと》のモニターを跡形《あとかた》もなく踏《ふ》み潰《つぶ》し、巨星兵が上体を起こした。

『ここで狂科学者《ケルヴィナ》が研究していたものを一つ教えよう。それは「星霊を閉じこめる」実験だ。わかるかね魔女《まじょ》』

「っ？」

名指しされたシスベルが身構える。

「……何が言いたいのです？」

『星霊は人間に宿る。無機質な鋼《はがね》には宿らない。だが鋼に宿ってもらわねばこの巨星兵を起動するエネルギーが生まれない。そこで、宿らぬなら強制的に閉じこめてしまえばいい。機械の内側に星霊を封《ふう》じるのだよ』

「……まさか殲滅物体《オブジェクト》！」

『そのとおり。あれこそが星霊を動力源とする初期実験だ』

星霊は、鋼鉄をすり抜ける性質をもつ。

ならば星霊を封じる檻《おり》で囲んでしまえばいい。

『星霊は檻を抜けだそうとエネルギーを放出する。その力を利用し、巨星兵は起動する。

何が言いたいかというとだね』

床が割れた。

部屋の四隅《よすみ》が裂け、あたかも地面から植物の芽が生えるように、黒褐色《こっかっしょく》をした歪《いびつ》な塔《とう》が生えてきたのだ。

『それはここにもあてはまる』

――偽装《ぎそう》結界『星の中枢』

ホール内部に、変化が生まれた。

機械炉から溢《あふ》れる蒸気が天井《てんじょう》へ昇《のぼ》ることなく、大ホールの中をぐるぐると旋回《せんかい》するように渦巻《うずま》きだしたのだ。

『かつて、あの始祖が帝国《ていこく》を脱出《だっしゅつ》するときに用いた「星霊を隠す」結界だ。星霊を封じる絶縁《ぜつえん》エリアと心得たまえ。こうして覆い包むことで、この部屋は、星霊エネルギーが外に漏《も》れず、内に入ってくることもない』

「……ああなるほど。用意周到《しゅうとう》ですねぇ」

ホールを見回す璃洒。

部屋の四隅にそびえ立つ四本の塔。その先端《せんたん》から放電するように生まれる光がホールを覆い囲っている。

これが星霊を閉じこめる結界なのだろう。

「この壁の外には星霊エネルギーが漏れない。天帝陛下がウチらの異変を察知することは不可能だと？」

『そう。天帝の嗅覚《きゅうかく》は、星霊のざわめきを嗅《か》ぎつけるのだろう？』

この結界は、いわば「匂《にお》い」を閉《と》ざす蓋《ふた》なのだ。

強大な星霊術の反応という匂いが外に漏れない以上、天帝もこの地下での戦闘《せんとう》は感知できない。

つまり八大使徒の暗躍《あんやく》も察知不可能。

『黒鋼の後継イスカ、ネウルカの樹海でよくぞ氷禍《ひょうか》の魔女を撃退《げきたい》してくれた』

「っ」

『だが君は、自覚のないまま世界の核心《かくしん》に近づきすぎた。それが君の罪だ』

八大使徒《ルクレゼウス》の宣告。

『続いて皇庁の魔女シスベル、君のことはタリスマンから聞かされている。君のその力は、我々にとっての大変な助けになると』

「……何ですって」

『だが君は、天帝に協力して百年前の事件を暴《あば》こうとしている。それが君の罪だ。そして天帝参謀《さんぼう》の璃洒』

足下――

巨星兵と比すればあまりにちっぽけな人間を見下ろして。

『君は今まで大変役に立ってくれた』

「はいはい。で？　ウチの罪状は何ですか？」

『八大使徒《われわれ》につかず天帝を選んだこと。八大使徒《われわれ》は最後まで、君が天帝を裏切ってこちらにつくことを期待していたのだがね』

「はっ！」

天帝参謀が噴きだした。

「天《あめ》の上、天の下。あいにくウチは天帝陛下一筋ですし？　あのフワフワの尻尾《しっぽ》を愛《め》でる心地《ここち》よさを知ったら、裏切るなんてとてもとても」

『殊勝《しゅしょう》なことだ天帝参謀』

八大使徒《ルクレゼウス》の死の宣告が、地底のホールに轟《とどろ》いた。

『諸君らはここで終着だ。星に還《かえ》るがいい』

Chapter.4 『星と器《うつわ》と魂《たましい》のオラトリオ』

1

血のように赤く、雪のように極小の——
火の粉が、舞《ま》った。

「っ……壁《かべ》よ！」
幻想的《げんそう》とさえ感じる淡《あわ》い火の粉。
それが視界に映った瞬間《しゅんかん》、アリスは無我夢中《むがむちゅう》で氷の壁を展開していた。
——破裂《はれつ》。
火の粉が弾《はじ》け、そこから生じたのは極大の業火《ごうか》。
地底湖の水を蒸発させて。
地下の岩盤《がんばん》を片っ端《かたぱし》から砕《くだ》いて土砂《どしゃ》を噴《ふ》き上《あ》げる。その爆発《ばくはつ》的な音に鼓膜《こまく》を打たれて、アリスは意識が一瞬《いっしゅん》遠のいた。

「……容赦《ようしゃ》……ない、じゃない！」

歯を噛《か》みしめる。

途切《とぎ》れかけた意識を無理やりつなぎ止め、アリスは、目の前を覆《おお》い尽《つ》くす業火のなかで声を張り上げた。

「出てきなさい始祖！　わたしはまだ傷一つ負っちゃいないわよ！」

「容赦ない？　極《きわ》めて情け深いつもりだがな」

ふっ、と。

あたりを渦巻く炎《ほのお》が、一夜の夢のごとく消えさった。

「氷の星霊《せいれい》使いには優《やさ》しいだろう」

「優しいですって？　わたし以外なら黒焦《くろこ》げよ」

「お前だからだ」

消えた炎の向こう。

焼けただれた地に素足《すあし》で立つ少女が、真顔でそう口にした。

「お前の星霊術は前に見た」

「だから耐《た》えられると判断したのなら、光栄と思っていいのかしら。だけどわたし以外はどうするつもり?」
仮面卿《かめんきょう》の姿がない。
始祖と自分《アリス》のちょうど間に立っていたせいで、氷の壁で助ける余裕《よゆう》もなかった。
……あの炎を浴びたら人間なんて跡形も残らないわ。
……いくら仮面卿でも。
不穏《ふおん》な予感が胸を伝っていく。
「始祖、そこに立っていたのはあなたの遠い子孫よ。それを――」
「門の星霊使いなら、爆発の直前に空間転移した」
なるほど。
始祖の大いなる皮肉に、アリスは心の内で舌打ちした。
あと一秒反応が遅《おく》れたら炎に巻かれていたが、結果だけ見れば確かに自分も仮面卿も、
紙一重で助かっている。
ただただ運が良かったに等しい生還《せいかん》。
これを情け深いと言ってのけるのか。この古《いにしえ》の暴君は。
「――」
あらためて辺りを見回す。

あれだけ豊かな水源だった地底湖の水が蒸発し、アリスが立っているのはもはや空っぽとなった空虚《くうきょ》な地下の空洞《くうどう》だ。

アリスと始祖――

二人の星霊使いを照らすのは、岩盤からもれるわずかな輝《かがや》き。

おそらく下に星脈噴出泉《ボルテックス》があるのだろう。その星霊光《せいれいこう》が岩盤を伝って鉱物に染《し》みこみ、宝石のような煌《きら》びやかさを湛《たた》えている。

「始祖」

擦《す》りきれた外套《がいとう》をまとう少女を、ひたと睨《にら》みつける。

「何度だって聞かせてもらうわ。あなたは帝国を焼きつくす気ね。皇庁や中立都市にどれだけ被害《ひがい》が出ようとも」

「二度答える気はない」

「ええ。でもわたしは何度だって言わせてもらうわ！」

指を突《つ》きつけた。

百年前の迫害《はくがい》を知る、生き証人へ――

「あなたの怒《いか》りを鎮《しず》めろだなんて言わない。けど、その怒りを怒りのままでぶつけたら、傷つくのはあなたじゃない。世界中の弱い立場の者たちよ！」

「…………」

「古い価値観しかないあなたが、今を生きるわたしたちに出しゃばらないで！」

「ならばこう返そう」

始祖ネビュリスが、右手を地面に向けた。

「過去の私たちがどれだけの血涙《けつるい》を捧《ささ》げて皇庁《おうちょう》を生みだしたのか。その歴史を知りもせず、ただ裕福《ゆうふく》な王座に生まれただけのお前に、どんな世界が作れると？」

「……っ、言うじゃない」

「絶望の時代を知らぬお前に、平和の何がわかる？」

地面が、隆起《りゅうき》した。

アリスの立つ前後左右の四箇所《かしょ》に、黒曜石のように黒い塔《とう》がそびえ立っていく。

「なっ⁉……これは……」

「閉じろ」

始祖が指を打ち鳴らす。

四本の塔の先端から黒い光が広がって、アリスの周囲一帯を呑《の》みこんだ。

——再現結界『星の中枢《ちゅうすう》』

……ジッ。

「痛っ！」

アリスの指先が触《ふ》れた途端《とたん》、黒い結界から生まれる火花。

指の表面を灼《や》かれた激痛に悲鳴がもれる。

「終《しま》いだ」

「舐《な》めないで、何の結界か知らないけど、こんな陳腐《ちんぷ》な光のカーテンでわたしを閉じこめたつもりかしら！」

アリスの右手には氷の小剣《しょうけん》。

カーテンを斬《き》り裂《さ》くように――

氷の刃《やいば》で、自分を囲む黒い帳《とばり》へと斬りかかる。氷の刃が結界を斬り裂く。そう確信したアリスの目の前で、氷の刃が消滅《しょうめつ》した。

「……え？」

氷の刃がへし折れたわけではない。

星霊術で生みだした氷の結晶《けっしょう》が、ぼろぼろに崩《くず》れて蒸発したのだ。

高熱？

違《ちが》う。それならば「溶《と》ける」はずだ。今のはむしろ、氷の星霊術そのものが何かに掻《か》き消《け》されたかのような。

「星霊封《ふう》じの檻《おり》」

結界の外から聞こえる始祖の声。

黒の帳のせいで姿は見えないが、自分《アリス》に向かって告げてきているのは明白だ。

「この黒石は星霊エネルギーを蓄《たくわ》える。あらゆる星霊術を吸収するから、こうして囲ってしまえば星霊使いは無力となる」

「……何ですって」

黒い光のドーム。

その四隅《よすみ》にある黒い塔がおそらく結界の核《かく》だろう。それが星霊エネルギーを蓄える石でできている？

「百年前の帝国《ていこく》時代、私たちは星紋《せいもん》を隠《かく》すシールがなかった。そこで『星霊使いを隠す』ために生みだされた結界だ。見方を変えれば、このように星霊使いを閉じこめる檻としても機能する」

「……これが、檻……？」

アリスにとっては未知の概念《がいねん》ではない。

たとえば星霊使いが星紋を隠すためのシールには、まさしく「星霊エネルギーを中和する」性質をもった星鉄《ネビユラ》と呼ばれる素材が使われている。

……でもこれは、そんな次元じゃないわ。

……どんなに強力な星霊エネルギーも蓄えてしまうですって⁉

言うなれば究極の無効化だ。

こうして覆われてしまえば、星霊使いにとっては脱出《だっしゅつ》不可能の檻となる。

やられた。

や、い、

最強最古の星霊使いが、まさかこんな搦《から》め手《て》じみた仕掛《しか》けを。

「……卑怯《ひきょう》よ！　ここから出しなさい！」

「無様だな」

黒の帳ごしに伝ってくる侮蔑《ぶべつ》のまなざし。

「そこで待っていろ。帝国が火の海と化す瞬間をな」

「……！」

「星霊が無ければ何もできない。そんなお前に世界は変えられない」

アリスが声を発するより早く。

アリスの立つ空間は、完全なる無明《むみょう》に包まれた。

2

『星霊の時代がまもなく終わる』

『星の中枢に眠《ねむ》る高次なる力が、世界を変革するのだよ』

巨星兵《きょせい》――

二足歩行する半霊半機の巨人《きょじん》。「銀色の殲滅物体《オブジェクト》」とでも言うべきそれがどんな素材で、どんな技術で造られたのかを詮索《せんさく》する暇《ひま》はない。

自分《イスカ》たちが覚悟《かくご》すべきことは二つ。

一つは、この巨星兵に、八大使徒ルクレゼウスの魂《たましい》が憑依《ひょうい》しているということ。

そして――

今、この八大使徒を敵に回しているということだ。

『八大使徒《われわれ》が、新たな星の時代をもたらすだろう』

二足歩行の巨人が、片手を突き出《だ》した。

その掌に十字の亀裂《きれつ》。そこから間欠泉のごとく蒸気が噴《ふ》きだし、星霊光と思《おぼ》しき光が溢《あふ》れていく。

その輝きが――

一点に凝縮《ぎょうしゅく》されていくのを見た瞬間《しゅんかん》。

イスカを含《ふく》む第九〇七部隊は、誰《だれ》もが同時に、喉《のど》を嗄《か》らせて叫《さけ》んでいた。

「避《よ》けろ！」

ジンが後方へ。

音々《ネネ》とミスミスが左右に分かれて。

そしてイスカが、シスベルを突き飛《と》ばす勢いで彼女を抱《かか》えて床《ゆか》に伏《ふ》せる。

――『星夜見《ほしよみ》』。

キイッと甲高《かんだか》い音を奏《かな》でる光の帯が、虚空《こくう》を灼き貫《つらぬ》いた。

一瞬《いっしゅん》前までシスベルが立っていた空間。イスカが無理やり突き飛ばさなければ、あの光に灼かれて蒸発していたに違いない。

……この極大の閃光《せんこう》。

……殲滅物体《オブジェクト》が星体分解砲《ライフ・フォーム・インテグラ》と呼んでたエネルギー砲《ほう》か！

巨星兵の巨掌《きょしょう》から放たれた。

恐《おそ》るべくは、エネルギー充填《じゅうてん》の「溜《た》め」がほぼ無かったことだ。光が収束してから発射までがあまりに早い。

……星剣《せいけん》であの閃光を斬れるか？

……自信はない。成功するとしてもせいぜい三回に一度。

斬り損《そこ》なえば被弾《ひだん》する。

あれほど巨大《きょだい》な光を完璧《かんぺき》に斬るなど、神業《かみわざ》すら超《こ》えて運頼《だの》みだ。イスカの技量をもってしても分が悪い。

「シスベル、奥へ！」

彼女をフロアの壁際《かべぎわ》まで避難《ひなん》させ、イスカはその場に踏《ふ》みとどまった。

あの攻撃《こうげき》を避け続けるのは不可能。

すぐにでも反撃《はんげき》の機を——

『有りはしないよ。反撃の機など永遠にない』

巨星兵《ルクレゼウス》の冷笑《れいしょう》。

その両腕《りょううで》がこちらに向かって突き出された。たったいま星夜見《ほしよみ》を放った右腕《みぎうで》に加えて、左の巨掌にも砲口《ほうこう》となる十字の亀裂が広がっていく。

「二砲発射⁉　そんなことが……」

『黒鋼《くろがね》の後継《こうけい》イスカ、今のは魔女《まじょ》を狙《ねら》ったから君に邪魔《じゃま》された。ゆえに私は、君と魔女を同時に処するとしよう。守れるのは精々一人』

巨星兵《ルクレゼウス》の両手がこちらに向けられる。

二つの亀裂から高熱の蒸気が噴きだし、そして星霊光《せいれいこう》が凝縮していく。

『君か魔女か、好きな方を守って好きな方を失いたまえ』

「……無礼者が！　わたくしが足手まといになるとでも！」

シスベルが吼《ほ》えた。

左手を添《そ》えた胸元《むなもと》で、灯《ともしび》の星紋が力強く光りだす。

「独立国家《アルサミラ》で、殲滅物体《オブジエクト》のセンサーを封じたのは誰だとお思いですか。わたくしの星霊が生みだす幻影《げんえい》、見破れるものなら見破っ――…………え……？」

シスベルの声が、凍《こお》りついた。

現れないのだ。

独立国家アルサミラでは砂嵐《すなあらし》を呼びだした。その濛々《もうもう》たる砂塵《さじん》でこちらの姿を隠すことで、殲滅物体《オブジエクト》の星体分解砲《ライフ・フォーム・インテグラ》の照準を外した。

その映像が生まれない。

シスベルの胸に、星霊術の示す光が煌々《こうこう》と瞬《また》いているのにだ。

「……そ、そんなどうして…………!?」

『哀《あわ》れな生き物だ。野蛮《やばん》な魔女は頭も悪いらしい』

両腕を突《つ》きだす巨星兵《ルクレゼウス》の、嘆息《たんそく》。

『言っただろう。先ほど展開した疑似《ぎじ》結界は「星霊を絶縁《ぜつえん》する」ものだと。この空間は、外部からの星霊干渉《かんしょう》を受けつけない。どうなると思う』

「まさかっ⁉」

『そうだ。君の星霊にとって最悪の地なのだよ。星霊情報が遮断《しゃだん》されているため、過去の事象も読み取ることができない』

再現するものが読み取れない。

シスベルの星霊術を発動しても、映しだす対象が見つけられないのだ。

「……そんなっ⁉」

『その憤激《ふんげき》とともに星に還《かえ》るといい』

星夜見《ほしよみ》。

巨星兵《ルクレゼウス》の二つの掌《てのひら》から放たれた極大の光が、イスカとシスベルの両者へ――

当たらなかった。

巨星兵《ルクレゼウス》の巨体《きょたい》が、大きく後方に傾《かし》いだ。

巨人がバランスを崩《くず》す。

イスカとシスベルに向けた掌が後方に泳いだことで、放たれた光が穿《うが》ったのはホールの天井《てんじょう》だった。

「おっと。あいにくその王女様は天帝《てんてい》陛下のお気に入りなんで」

『……なるほど』

転倒《てんとう》しかけた巨星兵《ルクレゼウス》が膝《ひざ》をつく。

その膝に、髪《かみ》の毛《け》よりも細い「糸」が何重にも絡《から》みついていたのだ。

いや、膝だけではない。

巨星兵《ルクレゼウス》の首や肩《かた》。

光輝《ひかりかがや》く極細《ごくぼそ》の糸が、雁字搦《がんじがら》めに絡みついていた。

『お喋《しゃべ》りな君が、人一倍静かだとは思っていたよ璃洒《リシャ》』

「いやぁ。ルクレゼウスさんがあんまり演説に熱が入っていたようなので。出しゃばるのを控《ひか》えていただけですよ。ウチは」

『星の第四世代「紡《つむぎ》」の星霊か……』

「お。さすがにご存じですねぇ。天帝陛下の命令で、八大使徒には秘密にしていたはずの星霊ですが」

璃洒・イン・エンパイア──

彼女が握《にぎ》っていたのは小さな光の宝珠《ほうじゅ》だ。それが空中でほどけて糸へと変わり、蜘蛛《くも》の巣《す》状にこのホールを覆《おお》っていく。

「外部からの干渉を受けつけない星霊封《ふう》じの結界。この部屋の内だけで自己完結する力なら、あまり気にせず使えるようですね？」

璃洒が手首をくるりと半回転。

「ってわけで『縮め』」

ぎちっ。

巨星兵《ルクレゼウス》の首に糸が絡みつき、そして食い込んでいく。

髪よりも細い星霊の糸が、何十トンという巨人を拘束《こうそく》しきっている。

これが鋼鉄の機械だからまだ耐《た》えられているが、縛《しば》られたのが人間ならば百人がかりでも身動き一つ取れないだろう。

「す、すごい璃洒ちゃんの星霊！」

「ふふん？　でしょうミスミス。便利なのよこれ」

そう答えながらも、璃洒の目は一切《いっさい》笑っていない。

「この『紡《つむぎ》』ができるのは、星霊エネルギーで編んだ糸を伸《の》ばし、そして縮めることだけ。

ただし一度でも絡みついたら必勝よん。どんな怪力《かいりき》だって……あれ？」

プツッ。

何かが切れる音。

璃洒が張《は》り巡《めぐ》らせた糸が千切れ、そしてサラサラと崩れだしたのだ。

『──星の外殻《がいかく》』

首に、肩に、膝にからみついた糸が消えて。

全身の自由を取《と》り戻《もど》した銀色の巨人が、鎌首《かまくび》をもたげるようにゆっくりと上半身を起こしていく。

その両腕の甲《こう》に、曲刀じみた刃《やいば》を覗《のぞ》かせて。

『ネビュリス王宮として知られる星の要塞《ようさい》と同じ星霊結晶《けっしょう》だよ。斬《き》れぬものなどない。それが星霊術の糸であっても』

「……なーるほど。どうやってウチの糸をと思ったら」

璃洒のその呟《つぶや》きは。

紛《まぎ》れもない本心の吐露《とろ》であったに違《ちが》いない。

「ちょっと切れ味良すぎじゃないですかねぇ。あの糸、同じ太さの鋼鉄ワイヤーの軽く三十倍とか強度あるはずですが……」

『次は、君だ』

「いいや勘弁《かんべん》っ！」

表情を引《ひ》き攣《つ》らせて璃洒が跳《と》びさがる。

それから一秒の差違《さい》もなく、璃洒めがけて巨星兵《ルクレゼウス》の巨体が踏みこんだ。

歩幅《ほはば》の差。

璃洒が三歩かけて下がった距離《きょり》を一歩で埋《う》めて、その頭上で拳《こぶし》を振《ふ》り上《あ》げた。その先に、星霊結晶の刃を輝《かがや》かせて。

『処断する』

突き上げられた刃が、璃洒の胸に大穴を開ける。

その寸前に。

「遅《おそ》いよイスカっち」

「――はっ！」

わずか一瞬早く到達《とうたつ》したイスカは、巨星兵《ルクレゼウス》の巨体めがけて突っ込んだ。

床を滑《すべ》るように巨人《きょじん》の両足の間をくぐり抜《ぬ》け、そして璃洒を庇《かば》うかたちで黒鋼の星剣を振り下ろす。

――硬質《こうしつ》なものが砕《くだ》ける音。

イスカの刃が、巨星兵《ルクレゼウス》の刃を美しいまでの所作で切断した。

『……星剣。やはり忌《い》まわしい！』

巨星兵《ルクレゼウス》が一歩後退。

その跳躍《ちょうやく》を許す間もなく、イスカの振るった二の太刀《たち》が、巨人の胸部装甲《そうこう》を斬り裂《さ》いた。胸当てが砕け、その奥には機械部品であろうケーブル、さらにその奥に、きらりと煌《きら》めく光が一瞬《いっしゅん》見えた。

なんとも神秘的で淡《あわ》い、幻想《げんそう》的なその煌めきは――

「星霊光⁉」

「い、いえ違いますイスカ！　あれは星霊本体ですわ！」

魔女《シスベル》の姫が目を剝《む》いた。

生まれながらに星霊を宿した者だからこそ、察したのだ。

巨星兵《ルクレゼウス》の動力源。あの胸部に「星霊封じの檻《おり》」が内蔵されて、そこに星霊が閉じこめられているのだと。

「この……外道《げどう》がっ！」

犬歯を剝き出《だ》しに、シスベルが吼えた。

かつてない――

自らの命の危機でさえこれほど怒《いか》りを露《あら》わにはしなかった。イスカも過去に記憶《きおく》がないほどに、魔女《まじょ》の姫《ひめ》は激情に突き動《うご》かされていた。

「わたくしたちを魔女だの魔人《まじん》だの蔑《さげす》んできて……その裏で誰《だれ》よりも姑息《こそく》に邪悪《じゃあく》に、星霊を利用していたのですね！」

『───』

「星への冒瀆《ぼうとく》です！　星霊を解放なさい！」

『もちろんだとも』

イスカが斬り裂いた胸部装甲が、みるみる復元されていく。

わずか数秒。

剝き出しだった「星霊封じの檻」も隠《かく》されて見えなくなる。

『言っただろう。星霊の時代は間もなく終わる。星の中枢《ちゅうすう》に眠《ねむ》るアレさえ制御《せいぎょ》下に置けるなら、もはや星霊など不要の道具だ。すぐにでも解放しよう』

「……わたくしは、今すぐと言っているのです！」

『取引としよう』

巨星兵《ルクレゼウス》の関節部から、再び強い星霊光があふれだした。

巨人が、その巨掌《きょしょう》を足下《あしもと》へと叩《たた》きつける。

『魔女、お前の命と』

拳が床《ゆか》を穿つ。

あたかも戦車の砲弾《ほうだん》じみた衝撃波《しょうげきは》が生まれ、床に巨大《きょだい》な亀裂《きれつ》が走った。

──『地星狂咲《ちせいかえりざき》』。

大地の模様のごとく。

真っ赤な溶岩《ようがん》色をした大小無数の円環《えんかん》が、大ホールの床に次々と描《えが》かれていく。円環の中心が渦《うず》を巻き、そこから灼熱《しゃくねつ》の風が吹《ふ》き荒《あ》れた。

「これは……⁉」

イスカには見覚えがある。

魔人サリンジャーが地爆《ちばく》の星霊《せいれい》と呼んだものと似た星霊術だ。

とすれば──

「まずいっ、この真っ赤な環《わ》の上から離《はな》れろ！」

「え？　え、ええと……」

「シスベルさん、跳んで！」

唖然《あぜん》とするシスベルめがけて音々が突撃《とつげき》。

問答無用で床に押し倒《たお》した瞬間《しゅんかん》、ホールに描かれた無数の円環から、天井めがけて紅《ぐ》蓮《れん》の炎《ほのお》が噴《ふ》きだした。

さながら大火山の噴火《ふんか》だ。

「痛っ……で、でも助かりましたわ音々さん……」

「ならさっさと立て」

音々ではなく。

ぶっきらぼうに応じたのは、そんな少女たちの前で狙撃銃《そげきじゅう》を構えたジンだ。

──銃という対人兵器。

これが戦車の砲弾ならば十分な外傷を与《あた》えられるだろうが、ジンが構えているのは精々、野生動物を仕留めるほどの威力《いりょく》しかない。

ではどうするか？

「狙《ねら》うに決まってる」

銃声《じゅうせい》。

ジンの狙撃銃から放たれた弾丸《だんがん》が、狙い違《たが》わず巨星兵《ルクレゼウス》の胸部に突《つ》き刺《さ》さった。

その亀裂──

イスカの星剣《せいけん》によって斬り裂かれ、今まさに修復途中《とちゅう》であった傷痕《きずあと》にだ。

「装甲が完全じゃねえのなら」

『通じると思ったかね』

ミシッ。

歪《いびつ》に潰《つぶ》れた弾丸が、床へと落ちた。

巨星兵《ルクレゼウス》の修復途中の装甲を、一ミリとて削《けず》ることができないままに。

「……ちっ」

『たかが帝国《ていこく》の一兵。たかが狙撃手。たかが帝国軍規格どおりの狙撃銃と弾丸。それで、八大使徒《われわれ》の器《うつわ》に何かできるとでも？』

巨星兵《ルクレゼウス》の嘆息《たんそく》。

ジンの舌打ちを後目《しりめ》に、半霊半機の巨人はくるりと背を向けた。

向き合う先にはイスカと璃洒。

背後のジン、音々、ミスミス、シスベルの四人は眼中にない。なぜなら使徒聖二人のみ警戒《けいかい》すればいいからだ。

巨星兵《ルクレゼウス》を拘束する第五席《リシャ》。

巨星兵《ルクレゼウス》の装甲を斬り裂く元十一席《イスカ》。

この二人のみが脅威《きょうい》であり、この二人さえ倒れれば残る四人に巨星兵《ルクレゼウス》を倒す手立ては存在しない。

……本気で徹底《てってい》してる。

……この八大使徒は、僕らを仕留めることしか狙ってない。

初撃《しょげき》こそシスベルを狙ったが、その初撃が外れたとみるや標的を即座《そくざ》に切《き》り替《か》えた。

あくまで理路整然と。

恐《おそ》ろしいほどの計算高さでもって。

『「優先」は、すべてに優先する』

巨星兵《ルクレゼウス》が拳を真上に突き上げた。

『璃洒、君の過《あやま》ちは八大使徒よりも天帝《てんてい》を優先したこと。その図《はか》り間違《まちが》いが、君の命運をわけたのだよ』

「……饒舌《じょうぜつ》ですねルクレゼウスさん」

『私は違う。君とイスカを正しく優先し、正しく先に処する』

拳が衝《つ》いたのはホールの天井《てんじょう》。

天井のモニターを叩き潰した拳の下で、天井の壁《かべ》に円環模様が描かれた。

――『天星落花《てんせいらっか》』。

真っ青な空色。

円環の中心が渦を巻き、そこから落ちてきたのは巨大な氷柱だ。イスカと璃洒の頭上へ。

隕石《いんせき》さながらの勢いで。

「……っ、やばっ！」

避《よ》けられない。

天井という超《ちょう》至近距離から降ってくる氷柱に対し、璃洒が瞬時《しゅんじ》に選択《せんたく》したのは、天井に張《は》り巡《めぐ》らせていた「糸」での防御《ぼうぎょ》だ。

無数の糸を撚《よ》り合わせ、氷柱を空中で覆《おお》い受けとめる。

が――

『星霊術には練度がある』

巨星兵《ルクレゼウス》の宣告に応えるがごとく。

青き氷柱が、璃洒の展開した糸を突き破《やぶ》った。

『非凡《ひぼん》の君とはいえ、一時の借り物に過ぎぬ星霊を使いこなすのは不可能だ』

降りそそぐ氷柱。

それが璃洒のわずか数センチ鼻先をかすめて落下し、そして爆《は》ぜた。剃刀《かみそり》のごとく鋭《するど》い氷の破片《はへん》が、璃洒の全身に突き刺さる。

「……痛っ！」

『なるほど。糸で受けとめたのは氷柱を止めるためでなく、わずかに落下軌道《きどう》をずらして直撃《ちょくげき》を免《まぬが》れるため。あの一瞬での機転はさすがだ璃洒』

「…………全然っ、嬉《うれ》しくないですねぇ」

サイズにしてナイフ大。

太ももに刺さった氷の破片を引《ひ》き抜《ぬ》いて、璃洒が壮絶《そうぜつ》な笑《え》みで応じてみせた。その顔も、氷の破片を浴びて擦《す》り傷《きず》だらけ。

『とはいえ、その抵抗《ていこう》はかえって君自身を苦しめるだろう。そう思わないかね黒鋼《くろがね》の後継《こうけい》イスカ』

「……ぐっ⁉」

璃洒まであと数メートルの距離《きょり》で、イスカは足を止めた。

傷ついた璃洒に駆《か》け寄《よ》ろうとした矢先にだ。巨星兵《ルクレゼウス》の一声に牽制《けんせい》されたことで迂闊《うかつ》に近づけなくなった。

……読まれてる。

……いや違《ちが》う。ずっと見てるのか、僕を！

ゾッと寒気が走る。

あの未知の星霊術、そしてそれ以上に、八大使徒の異様なまでの警戒心にだ。

一秒とて自分《イスカ》から目を離そうとしない。

『八大使徒《われわれ》の総意なのだよ。黒鋼の後継イスカ、魔天使《まてんし》化したケルヴィナを倒した君は、君が息絶えるまで監視《かんし》するに値《あたい》すると』

「……っ」

『君たち使徒聖二人を処せば、それで何もかもが終わるのだよ』

巨星兵《ルクレゼウス》の勝利宣誓《せんせい》。

『ゆえに詰《チェックメイト》みだ』

高らかにホールに響《ひび》く死の宣告。

だが。

背を向けていた巨星兵《ルクレゼウス》は気づかなかった。それと対峙《たいじ》していたイスカと璃洒さえも、その会話を察することはなかった。

それほどまでに静かで、微《かす》かな——

「嘘《ダウト》」

豊かな赤毛をポニーテールにした少女の囁《ささや》き。

「音々が一番奥ね」

「……わ、わかった。アタシは右！」

「頷《うなず》くな隊長《ボス》。素振《そぶ》りでバレたら笑えねぇ」

ジンの囁き。

右手に狙撃銃を持ち、左手でシスベルの手を握《にぎ》って。

「焉《いず》くんぞ来者《らいしゃ》の今に如《し》かざるを知らんや」

第九〇七部隊の狙撃手は、押し殺した溜息《ためいき》を吐《は》きだした。

それは古き慣用句。

——後生畏《こうせいおそ》る可《べ》し。

——過去の偉人《いじん》に、なぜ今の若人《わこうど》が及《およ》ばないと言えるのか？

古き帝国の最高権力者たちへ。

ジンは、押し殺した声でこう続けた。

「何百年生きてるか知らねぇが、どいつもこいつも俺らを舐《な》めすぎだ」

2

ネビュリス王宮・地下。

数分前までここは地底湖だった。

滾々《こんこん》と水が湧《わ》きでていた地底湖が蒸発し、今ここは、荒々《あらあら》しい岩盤《がんばん》が剝《む》きだしの巨大《きょだい》な地下空洞《くうどう》と化している。

その空間で。

「……出てきなさい始祖！」

アリスは、喉《のど》が痛むほどに強く声を張り上げた。

始祖の姿は見えない。

こちらの声など届いていないに違いない。なぜなら自分《アリス》の周囲を、真っ黒い帳《とばり》のような結界が覆い包んでいるからだ。

「まだいるんでしょう、出しなさい！　この気色悪い結界から！」

地面から聳《そび》え立《た》つ四本の黒い塔《とう》。

その塔の先端《せんたん》から生まれた黒い光がカーテン状に広がって、自分の立っている周辺一帯を空間丸ごと隔離《かくり》したのだ。

完全に、閉じこめられた。

……再現結界『星の中枢《ちゅうすう》』ですって⁉

……星霊《せいれい》エネルギーを蓄《たくわ》えるだなんて。冗談《じょうだん》じゃないわ！

結界を生みだしている塔。

この塔を基点として、結界がどんなに強い星霊術も吸収してしまう。星霊使いにとっては最悪の相性《あいしょう》ともいえる牢獄《ろうごく》だ。

……しかも、妙《みょう》な目眩《めまい》がするわ。

……この空間に居続けるのは危険よ。わたしの感覚がおかしくなる。

今すぐ結界から抜けださねば。

「氷禍《ひょうか》――」

光のカーテンめがけて、アリスは右手を突《つ》き出《だ》した。

「氷禍・千枚の棘吹雪《とげふぶき》！」

生まれたのは何百本という氷の剣《けん》。

アリスの立つ地面から、空中から、星霊術によって生まれた剣がその切っ先を黒い結界へと向ける。

「穿《うが》て！」

その一声で、すべての剣が光のカーテンめがけて放たれた。

さながら機関銃《きかんじゅう》。

銃弾《じゅうだん》の雨のごとき密度と勢いで、氷の剣が結界に突き刺《さ》さる。

そのすべてが、ふっと消え去った。

「……そんなっ⁉」

悲鳴が口を衝いて出た。

これが星霊封《ふう》じの檻《おり》だと聞かされても、なお驚愕《きょうがく》を禁じ得ない。自分の星霊術がこうもたやすく無力化されるというのか。

陽光に雪が溶《と》けるように、結界に触《ふ》れた星霊術が消えてしまう。

紛《まご》うことなき、星霊使いにとっての悪夢の檻だ。

「……打つ手無しだっていうの」

唇《くちびる》からこぼれたのは、無意識の言の葉。

それが隔離空間にこだまして。

「――冗談じゃないわ！」

折れそうになった膝《ひざ》を自ら叱咤《しった》して、アリスはその場で姿勢を正した。

心砕《くだ》ける。

それこそが始祖の思《おも》う壺《つぼ》ではないか。

……そうよアリス、わかっていたことじゃない。覚悟《かくご》していたことじゃない。

……相手は始祖なのよ！
自分が全力で挑《いど》んでもなお届かない。
そういう化け物なのだ。
中立都市エインでだって、あの時、イスカが傍《そば》にいなかったら――
……彼が……
……いなかったら勝てなかった？
……………じゃあ今は？
………………彼がここにいないから、今は負けても構わない相手なのか？
逆だろう。
ここに彼がいないから、自分一人で立ち向かわなきゃいけないのだ。
相手が始祖だと――
そう覚悟したり尻込《しりご》みしてる時点でダメなのだ。
「……百余歳？　最強の星霊使い？　いいえ、あなたはただの生意気なちびっ子よ！」
拳《こぶし》を握る。
奥歯《おくば》を思いきり噛《か》みしめて、アリスは、目の前の結界を拳で殴《なぐ》りつけた。
「わたしを舐めないで！」

地底の空洞で。

始祖ネビュリスは、黒き結界をぼんやりと眺《なが》めていた。

「……しょせん星の民《たみ》の真似事《まねごと》だな。完璧《かんぺき》には程遠《ほどとお》い」

この結界には疵《きず》がある。

星霊使いに対して無敵同然の結界だが、その実、致命《ちめい》的な弱みを秘めている。もっとも、今この結界に閉じこめられている王女《アリス》には無関係だが。

関係があるとすれば――

中立都市エインで、この王女《アリス》と共にいた帝国剣士《ていこくけんし》の方だ。

〝お前がどのような経緯《けいい》で星剣《せいけん》を手に入れたかは知らないが、その剣をクロスウェル以外の男が使いこなせるわけがない〟

〝クロスウェル!?……僕の師の名前だ〟

星剣の初代所持者クロスウェル・ネス・リビュゲート。

なんとも陳腐《ちんぷ》な言葉遊《アナグラム》びだ。

クロスウェル・ゲート・ネビュリス。

――何を血迷った、愚弟《ぐてい》。

始祖の唇からこぼれた、幽《かす》かな呟《つぶや》き。

百年前に道を違《たが》えた弟に向けて。

「……クロスウェル。お前、なぜ星剣を赤の他人に譲《ゆず》った？　あの星剣こそ星を再星する切り札だと。私にそう言ったのはお前ではないか」

星剣は剣ではない。

あれは剣のかたちをした「器《うつわ》」なのだ。

すべての星霊が、この星の中枢に帰還《きかん》するために無くてはならないもの。

それをなぜ渡《わた》した？

あの帝国人の少年に、いったいどれだけの価値を見いだしたのだ？

「……いや。考えるだけ無駄《むだ》か」

詮無《せんな》き話だ。

ここには弟《クロスウェル》も、あの帝国剣士もいない。

星霊封じの檻に閉じこめられて足掻《あが》く王女《アリス》が一人いるだけだ。あの王女が檻を壊《こわ》すことなど不可能なのだから。

「今ごろ、つまらぬ事を考えているのだろう?」

黒き結界を睨《にら》みつける。

あの檻の中で、今ごろ王女《アリス》は脱出《だっしゅつ》のために必死に思案し続けていることだろう。

結界が蓄えられるエネルギーに限度はないのか。

結界が耐《た》えられる星霊術の威力《いりょく》に上限はないのか。

答えは、どちらも「否《いな》」。

どれだけ星霊術を撃《う》ち続けたところで、あの黒い結界が壊れることはない。

「……理解したか?　無駄なあがきだ」

この結界内は、人間の時間感覚がズレる。

王女の体感時間では、既《すで》に数十時間に相当する時が流れ去っているだろう。いくつもの脱出案を思いついて、そのすべてが無駄とわかったはず。

心折れるには十分な時間だ。

「そこで見ていろ娘《むすめ》」

踵《きびす》を返《かえ》す。帝国の方角を見上げて。

「私が帝国を――――」

〝させないって言ったでしょう〟

……ピシッ。

始祖ネビュリスの背後で、漆黒《しっこく》の帳が大きくひび割れた。

破裂音《はれつ》。

異変を察した始祖が勢いよく身を翻《ひるがえ》す。その双眸《そうぼう》に映ったものは、ガラスの破片《はへん》さながらに千々に砕けた結界だった。

「……馬鹿な」

こくんと息を呑《の》む。

壊れないはずだ。内側からは決して壊せない。

あらゆる星霊術を吸収する結界を、星霊使いが突破《とっぱ》する術《すべ》などないはずなのに。

「娘」

「…………っ……っぁ………どう？　恐《おそ》れ入《い》ったかし……ら……」

その場に立つ気力も残っていない。

膝をついて四《よ》つん這《ば》いという惨《みじ》めな体勢で、それでもアリスは、にやりと不敵な笑《え》みで始祖ネビュリスを見上げてみせた。

「……誰《だれ》が……星霊《せいれい》がなければ何もできないですって？」

「どう脱出した？」

始祖が目を細める。

立ち上がろうと壁《かべ》に手をつくアリスを眺め回して。

「まさか……」

その視線が、アリスの手で止まった。

皮膚《ひふ》がやぶけて血が流れだしている両拳——

「砕いたのか」

「ええ。拳で思いっきり叩いてやったわよ。星霊術で壊せないなら、わたしが自分の身で頑張《がんば》るしかないでしょう？」

極限の悪あがきだ。

星霊封じの檻を支える四本の塔《とう》。黒い石でできたこの塔を壊せば結界は壊れるだろう。

そして星霊術が無効化されるなら殴って壊すしかない。

「よほどの馬鹿か天才か」

それは、始祖ネビュリスが初めて見せた嘆息《たんそく》だった。

「星霊術が効かないなら物理的に結界を壊せばいい。だが強力な星霊使いほどその発想にたどり着かない。生まれた時から星霊術に依存《いぞん》してきたわけだからな」

「……ええそうよ。わたしだってしばらく途方《とほう》に暮れてたわ」

壁に手をついて立ち上がる。

激しく肩《かた》を上下させながら、アリスは自嘲《じちょう》じみた笑みで応じてみせた。

「でも閃《ひらめ》いたの。この結界を支えてる黒い柱って、そもそもどれだけ硬《かた》いのかしらって。殴り続けたら何とかならないかってね」

その疑問に到達《とうたつ》したのは、アリスの体内時間にしておよそ八十時間目。

そこから十時間殴り続けた。

右拳で、左拳で、右足で、左足で。何なら最後は頭突《ずつ》きに体当たりまで試《ため》した。

「やれば出来るものね。この黒い石、意外と脆《もろ》いじゃない」

「その通りだ」

「…………え？」

耳を疑った。

あっさり始祖が頷《うなず》いたことで、アリスの方が毒気を抜《ぬ》かれてしまった。

「お前が砕《くだ》いた柱は、星の中枢《ちゅうすう》に存在する『星晶《せいしょう》』と呼ばれる石だ。元々とても脆い。私が呼び出してもこのザマだ」

「……す、素直《すなお》じゃない？」

「この星晶を十分な強度にする加工技術は、大陸の限界領域に住む『星の民』しか持っていない。その完成形はお前も知っていよう」

「え？」

「なんだ。気づかなかったのか」

真珠《しんじゅ》色の前髪《まえがみ》を払《はら》って。

始祖ネビュリスが、空洞《くうどう》の天井《てんじょう》をまっすぐ見上げた。

「星剣だ」

「お前が殴り壊した黒い結晶《けっしょう》。本来ならあれほど脆い結晶を極限まで純化し、鍛《きた》えあげた完成形が、黒鋼《くろがね》の星剣だ」

「……星剣ですって⁉」

寒気にも似た衝撃《しょうげき》に、アリスは全身を震《ふる》わせた。

黒鋼の星剣――

言うまでもない。確かめるまでもない。それは紛《まぎ》れもなく、あのイスカが所持している一対《つい》の星剣のうちの片方だ。

〝僕じゃない。この星剣の能力だ〟

〝黒の星剣で遮断《しゃだん》した分だけ、白の星剣はそれを解放する〟

ネウルカの樹海で。

確かに彼はそう言っていた。星剣は黒と白の二つから成り、黒の剣《けん》で斬《き》ったものを白が解放するのだと。

……そういうこと。白の星剣が星霊術を解放するというのなら。

……黒の星剣は、星霊術を蓄《たくわ》えていたのね⁉

星霊術を「斬る」ではない。

黒の星剣が星霊エネルギーを「蓄え」て、白の星剣がそのエネルギーを解放するというのが真の絡繰《からく》りだったのだ。

黒の刃《やいば》が星霊エネルギーを吸収する。

だから星霊術が一時的に消える。

もちろん傍目《はため》には、剣で斬って消滅《しょうめつ》したようにしか映らない。

「……イスカは、それを知ってたの？」

「さあな」

始祖の返事はにべも無い。

「クロスウェルがそこまで話していたとも思えん。精々、『星霊術なら何でも斬れる』とでも言われて信じてる程度か」

「……でしょうね」

イスカの振《ふ》る舞《ま》いから見てもそうだ。

まさか黒の星剣《せいけん》が、星霊術を「斬る」のではなく「蓄える」刃だったなんて思う余地もないだろう。

「どうでもいいことだがな」

褐色《かっしょく》の少女が背を向けた。

「それで何か変わるわけでもない」

「っ！　待ちなさい！」

「我が身を案じたらどうだ？」

「……え？」

「血の気を失ったその顔でどうする気だ」

視界がブレた。

壁に突《つ》いていた手の感触《かんしょく》が無くなった。そう思った時にはもう、アリスの華奢《きゃしゃ》な痩身《そうしん》は、乾《かわ》いた地にくずおれていた。

「………つな……………？」

起き上がらなくては。

そう思っても、肩にも足にも力が入らない。

「星霊がなければ何もできない。そう言ったのは取り消そう。お前が星霊封《ふう》じの檻《おり》を壊すとは思わなかった」

少女が素足《すあし》で遠ざかっていく。

豊かな真珠色の髪《かみ》を大きくなびかせながら。

「全身全霊《ぜんしんぜんれい》を消耗《しょうもう》し尽《つ》くして私に抗《あらが》った。それは認めてやる」

「……………ま…ちな…………っ…………さ………」

混濁《こんだく》する視界のなか、必死に始祖を見上げて睨みつける。

その小さな背中に手を伸《の》ばして――

アリスは、歯を食いしばった。

「……あなたに、この世界を好き勝手されたら…………………わたしが…………イスカに、顔向けできなくなるのよ…………っ！」

3

『星霊エネルギー。なんとちっぽけなものと思わないかね？』

大ホールに轟《とどろ》く巨星兵《ルクレゼウス》の宣言。

『八大使徒《わたし》の魂《たましい》を遷《うつ》したこの器《うつわ》は、現在、最大出力の三十パーセント弱しか発揮できていない。動力源が星霊ではこれが限界。八大使徒《われわれ》が求めているのはこの器を百パーセント……いや二百パーセント稼働《かどう》させるためのエネルギーだ』

「ずいぶん夢見心地《ゆめみごこち》ですねぇ」

『あるのだよ璃洒。その夢のように大きな力が』

頬《ほお》の血を拭《ぬぐ》う天帝参謀《てんていさんぼう》を見下ろしつつ、一歩また一歩、地響《じひび》きを従えて銀色の巨人《きょじん》が近づいていく。

ホールの壁際《かべぎわ》へと追《お》い詰《つ》めて。

『星の中枢にたどり着くのは天帝ではない。八大使徒《われわれ》だ』

巨人の拳《こぶし》が振り下ろされた。

人間一人など跡形《あとかた》なく殴《なぐ》り潰《つぶ》すであろう膂力《りょりょく》で。

『星に還《かえ》りたまえ璃洒』

「……っと！」

璃洒が真横に跳《と》んだ。

野生の猫《ねこ》さながらに鋭《するど》く柔軟《じゅうなん》な瞬発力《しゅんぱつ》で床《ゆか》を蹴《け》りつけて、巨星兵《ルクレゼウス》の拳を薄紙《うすがみ》一枚の差で避《よ》けてのける。

「痛っ。傷が開いたかな……」

「璃洒さん、あと一歩！」

赤く腫《は》れた肩を押さえる璃洒へ、イスカは吼《ほ》えた。

まだ躱《かわ》し足りない。

巨人の拳が突き刺《さ》さったホールの床が大きく割れて、その亀裂《きれつ》に足を取られた璃洒が、反射的に動きを止める。

――狙《ねら》いは最初から、この足止め。

本命は。

『こちらだよ』

巨人が、片手を突き出した。

その手のひらが十字に裂《さ》けて、そこから強烈《きょうれつ》なまでの星霊光《せいれいこう》が溢《あふ》れていく。

その輝《かがや》きが一点に凝縮《ぎょうしゅく》されていき——

……あの光！

……さっきと同じ星霊エネルギーの砲撃《ほうげき》か！

「屈《かが》めっ！」

叫《さけ》び放ち、イスカは天帝参謀を庇《かば》うかたちで飛びだした。

黒鋼の星剣。

光を斬る神業《かみわざ》はイスカをしても運頼《だの》みだ。斬り損《そこ》なえば被弾《ひだん》。なかば祈《いの》る心地《ここち》でもって、イスカは無我夢中《むがむちゅう》で剣を振り下ろした。

——『星夜見《ほしよみ》』。

閃光《せんこう》が、虚空《こくう》を凪《な》ぐ。

璃洒を灼《や》き貫《つらぬ》かんとする極大の光。それが黒鋼の刃によって真っ二つに斬り裂かれて、そして消滅した。

「おっ！　イスカっち、さすがじゃん」

『至極無駄《しごくむだ》だ』

巨星兵《ルクレゼウス》の両腕《りょううで》がこちらに向けられる。

その巨掌《きょしょう》には、既《すで》に、いま以上に強烈な星霊光が輝いていた。

「……まだ威力《いりょく》を上げられるのか⁉」

『この器の出力は無限大だ。動力源となる星霊の消耗が早まるが、なに、消滅したらまた手に入れればいい』

あれだけの威力のエネルギー砲《ほう》が二発同時。

そのどちらもが、過去最大の破壊《はかい》力を秘めているとすれば……

「んー……これちっとヤバいかも？」

璃洒の呟《つぶや》き。

イスカにしか聞こえぬ囁《ささや》き声《ごえ》だからこそ、紛れもない本心だったに違《ちが》いない。

「どうしよっかな。ねえイス――」

銃声《じゅうせい》が、璃洒の囁きを消し飛ばした。

カラン……

巨星兵《ルクレゼウス》の胸部に当たった銃弾《じゅうだん》が、装甲《そうこう》を貫通《かんつう》しきれず拉《ひしゃ》げて床に転がり落ちる。

『……何の真似《まね》だね』

巨星兵《ルクレゼウス》がゆっくりと振り向いた。

薄《うす》い硝煙《しょうえん》を燻《くゆ》らせる狙撃《そげき》銃を構えた、ジンへと向けて。

『先ほども試《ため》しただろう。この外装は、星の要塞《ようさい》と呼ばれるネビュリス王宮と同じ硬度《こうど》の結晶《けっしょう》だ。戦車の砲撃でも傷つかんよ』

「知ってる」

『虚《むな》しくないかね。その役立たずの狙撃銃で、精一杯《せいいっぱい》の反抗《はんこう》のつもりかな？』

「ずいぶん神経質じゃねぇか」

『……何？』

「八大使徒さんよ」

ジンが狙撃銃を下ろした。

もう必要ないと言わんばかりに、余裕綽々《よゆうしゃくしゃく》の素振《そぶ》りでもって。

「てめぇは演技が露骨《ろこつ》すぎんだよ。大砲《たいほう》でも傷つかない？　そんだけの装甲なら、もっと手っ取り早く俺らを片付ける方法がある。このホール全域を吹《ふ》っ飛《と》ばす爆弾《ばくだん》でも星霊術でもいい。生き残るのはてめぇだけで俺らは全滅《ぜんめつ》だ。違うか？」

『───』

「だが、てめぇが選んだのはどれも局所的な攻撃《こうげき》だった」

拳で璃洒に襲《おそ》いかかった。

星夜見《ほしよみ》という閃光も一直線にしか貫通しない砲撃だ。

床から噴《ふ》き上《あ》がった熱線も、天井《てんじょう》から降りそそいだ氷柱も、どれも人間単体の攻撃範《はん》囲《い》しかなかった。

だからこそ自分たちは紙一重で生きている。

……言われてみれば確かに。

……僕も璃洒さんも、避けるのに夢中で気づかなかった。

初めて気づく違和感《いわかん》。

たとえば。

もしもアリスがこの場の殲滅《せんめつ》を狙うなら、ホール全体を氷漬《づ》けにするだろう。

棘《とげ》の純血種キッシングなら、ホールを「棘」で埋《う》めつくす。

始祖ネビュリスにいたっては、ジンの言うとおり問答無用でホールを爆炎《ばくえん》で消し飛ばすだろう。

なのに、巨星兵《ルクレゼウス》はしない。

強靭《きょうじん》無比の鎧《よろい》で身を守っているにもかかわらず。

「このフロアの壁《かべ》は星霊封じの檻で覆《おお》われている。俺らを吹き飛ばす殲滅型の星霊術も、外に一切《いっさい》その痕跡《こんせき》が出ないはずだ。なあ八大使徒さんよ」

『――――』

「このホ、ホールを全壊でき、きない理由が、あるのか、か？」

『理解不能だな』

「なら言ってやる、こういうことだよ」

ジンが狙撃銃を振《ふ》り上げた。

まるで棍棒《こんぼう》のように銃を勢いよく振り上げて、背後の壁へと叩《たた》きつける。

――黒の石柱。

それが、ジンが叩きつけた銃身《じゅうしん》に打たれて粉々に砕《くだ》け散《ち》った。

『……星晶《せいしょう》を!?』

「これが結界を支える柱なんだろ。ホールの四隅《よすみ》に一つずつ、ご丁寧《ていねい》に床から生えてきたんだ。バカでも予想がつく。極《きわ》めつけはてめぇの無様な演技だがな」

『……何だと』

「さっきてめぇは、星夜見《ほしよみ》を撃《う》つ前にわざと大ぶりに拳を振りかぶったよな。なぜだ？　それは璃洒がいたのが部屋の隅《すみ》だったからだ」

わざと拳を避けさせる。

そうすることで場所を移動させたのだ。璃洒のすぐ後ろには、結界を支える黒の石柱があった。

万が一にも、攻撃の余波で柱が傷つくことを恐《おそ》れたのだ。

「てめぇの過剰《かじょう》な神経質さで一目瞭然《いちもくりょうぜん》だ。星霊エネルギーを閉じこめるこの結界、柱だけは物理的にめちゃくちゃ脆いってな」

『ッ！』

巨星兵《ルクレゼウス》が言いよどむ。

その背後にある、ホールの右隅《みぎすみ》と左隅《ひだりすみ》それぞれで。

「隊長、そっち早く！」

「まかせてぇぇっっっっっ！」

壁から引《ひ》っこ抜《ぬ》いたモニターを抱《かか》えた音々とミスミス隊長が、その勢いで、モニターを黒の石柱めがけて投げつけた。

——破砕《はさい》。

巨星兵《ルクレゼウス》が止める間もなく、石柱の二本目と三本目が砕け散る。

残るは一本。

「なぁるほど。ウチもイスカっちも気づかないわけだよ。ウチら攻撃を避けるだけで必死だったしね」

璃洒が構える。

ボールでも投げるように、思いきり拳を振りかぶって。

『っ、待て璃――――』

「これで四本目っと」

キンッ、と石柱があっけなく真っ二つにへし折れた。

直後。

ホールの壁を覆っていた黒の帳《とばり》が、霧《きり》が晴れるように消えていく。

「結界が消えた!?　すごい、ジン君の言うとおりこれが――」

『何一つ変わらんよ』

「……ひっ!?」

銀色の巨人《きょじん》に見下ろされ、ミスミス隊長が表情を引き攣《つ》らせた。

『星霊封《ふう》じの檻《おり》はしょせん付属品《おまけ》だ。この場の諍《いさか》いが天帝《てんてい》に嗅《か》ぎつけられると面倒《めんどう》だから対策を講じた。逆に言えばその程度だ』

天帝はこの戦闘《せんとう》を察知するだろう。

だが、しょせん遠き帝都《ていと》だ。

天帝は手出しできない。

対する八大使徒は、魔女の姫《シスベル》さえ消せば目的は成就《じょうじゅ》する。

『結界が壊《こわ》れた以上、もはや威力を抑《おさ》える必要はない。君らが指摘《してき》した広範囲《こうはんい》の星霊術で、この地下ホールを消し飛ばすとしよう。君たちごと――』

〝ここにいたか〟

異変は、その時だった。

天井がみるみる暗色の雲模様へと塗《ぬ》り替《か》えられていく。

『……これは？』

巨星兵《ルクレゼウス》が不審《ふしん》げに見守る頭上で――

天井の暗雲が渦《うず》を巻き、ゆっくりと、痩躯《そうく》の少女が雲の中から降りてきた。

真珠色《しんじゅ》の髪《かみ》をなびかせて。

その瞳《ひとみ》に爛々《らんらん》と怒《いか》りを灯《とも》した最強最大の星霊《せいれい》使いが――

〝私から逃《のが》れられると思ったか？　帝国人《ていこくじん》〟

『大魔女《ネビュリス》っ⁉』

八大使徒ルクレゼウスが初めて発した狼狽《ろうばい》。

――気づくのが遅《おそ》かった。

星霊封じの檻が壊れたことで、ホールに溜《た》まっていた星霊エネルギーが凄《すさ》まじい勢いで地上へと噴き上がったはず。

その膨大《ぼうだい》な星霊エネルギーを感知して、とてつもない怪物《かいぶつ》がやってきたのだ。

天帝ではなく。

まさか始祖を呼び寄せてしまうとは。

『……ネビュリス王宮付近で観測された「揺《ゆ》れ」。お前の目覚めの兆候だと察していたが、ここまで嗅ぎつけてきたか大魔女《ネビュリス》！』

〝消えろ〟

『消えるがいい大魔女《ネビュリス》！』

すべてが同時。
始祖ネビュリスが右手を翳《かざ》し、巨星兵《ルクレゼウス》が左手を翳す。
始祖ネビュリスの星霊術と、巨星兵《ルクレゼウス》の巨掌《きょしょう》から放たれた閃光《せんこう》が激突《げきとつ》して——
星夜見《ほしよみ》の閃光が、始祖ネビュリスをすり抜けた。

対する始祖の星霊術は光だけ。
埃《ほこり》一つぶんの炎《ほのお》も爆風《ばくふう》もなく、眼下の巨星兵《ルクレゼウス》を照らしただけで消えていく。
『…………ま、まさかっ⁉』
巨星兵《ルクレゼウス》が、目の前で起きたことの衝撃《しょうげき》に全身を震《ふる》わせた。
見落としていたのだ。
いま自分のいる場所が、いったい何の建物の地下であったかを。
「璃洒さんから聞きましたわ」
淡々《たんたん》と、厳《おごそ》かに告げる魔女《シスベル》の姫。
自らの胸元《むなもと》に手をそえる。
そこには淡《あわ》く輝《かがや》く「灯《ともしび》」の星紋《せいもん》があった。

「ここは帝国の廃《はい》工場。百年前、始祖様の炎によって灼《や》かれた工場群が、今も手つかずで残っていたものだと。これはその一つだそうですね」

『……ッ』

「だからピンときましたわ。つまり百年前、始祖様はこの地の上空にいたのだと！」

その映像《すがた》を呼び出した。

この部屋を覆い囲っていた星霊封じの檻が砕けたことで、シスベルの星霊術がようやく発動可能になったのだ。

——一瞬《いっしゅん》で良かった。

本物の始祖と錯覚《さっかく》した巨星兵《ルクレゼウス》が、その警戒《けいかい》を頭上に向けてくれるだけでいい。

その一瞬が欲《ほ》しかったのだ。

八大使徒ルクレゼウスが初めて見せた「隙《すき》」が、使徒聖二人を突《つ》き動《うご》かした。

「みんな最高よ。いい仕事するじゃん」

ぎちっ。

璃洒の紡《つむ》いだ糸が大きくしなり、巨星兵《ルクレゼウス》の両手両足を搦《から》め捕《と》る。

『……璃洒！』

「下だ」

巨星兵《ルクレゼウス》の足下《あしもと》から床《ゆか》を蹴《け》って、イスカは跳《と》んだ。

黒の星剣《せいけん》。

その刃《やいば》が、胸の装甲《そうこう》部を斬《き》り裂《さ》いて――

『何もかもが、小賢《こざか》しいっ！』

巨人の声が。

否、八大使徒ルクレゼウスの咆吼《ほうこう》が、廃工場を揺るがせた。

『璃洒よ。黒鋼《くろがね》の後継《こうけい》よ。魔女《まじょ》の姫《ひめ》よ。すべて無為《むい》だとなぜわからぬ！』

璃洒の糸がたやすく断《た》ち切《き》れることは立証済み。

イスカの星剣が斬ったのも巨星兵《ルクレゼウス》の胸部装甲、たかが装甲だ。

シスベルの星霊術も、幻《まぼろし》とわかれば恐《おそ》るるに足らず。

『終わりだ。何もかもが終わりなのだよ。この器《うつわ》の持てる出力すべてを発し、周囲一帯を焦土《しょうど》へと変える。お前たちには逃れる術《すべ》が……』

「音々、撃て！」

「ジン、今ですわ！」

「――ミスミス、ちゃんと当てなさいよ？」

イスカが、シスベルが、璃洒が。

三人の声が混声合唱のごとく美しく重なる、その奇跡《きせき》に応えるように。

三発の銃弾《じゅうだん》が、巨星兵《ルクレゼウス》の胸部を貫《つらぬ》いた。


イスカが斬り裂いた胸部装甲。

そこから剝《む》き出《だ》しの――

その内部にあった「星霊封じの檻」、すなわち星霊を閉じこめていた檻が、三発の弾丸《だんがん》を受けて砕《くだ》け散《ち》る。


『…………な…………？…………』


巨星兵《ルクレゼウス》の動きが止まった。

体内の動力源から、忽然《こつぜん》としてエネルギー供給が途絶《とだ》えたのだ。

「機械に星霊は宿らない。そう聞かされたばっかりだしね」

拳銃《けんじゅう》を構えたまま、音々。

「だ、だから……星霊を閉じこめた檻に穴さえ空けちゃえば、星霊は勝手に逃《に》げていく。もうあなたは動力源を失って動けない！」

音々の隣《となり》で、ミスミス隊長が声を振《ふ》り絞《しぼ》る。

「……全部思いついたのジン君だけど」

「んなことはどうでもいいんだよ」

そんな隊長の一歩後ろで。

ジンは、早くも愛用の狙撃《そげき》銃を肩《かた》に担《かつ》ぎ終えていた。

巨星兵《ルクレゼウス》の胸部に空いた大穴から、神秘的に輝く「何か」が零《こぼ》れ、そして空中へと立ち上っていく。

——星霊。

巨星兵《ルクレゼウス》の動力源だったものが、今、解き放たれたのだ。

「規格拳銃にて立射三十メートル。帝国軍の兵はこれを決して外してはならない。的さえ露出《ろしゅつ》すりゃあ目をつむっても撃《う》ち抜《ぬ》ける」

『——————』

「お前は帝国兵《おれたち》を舐《な》めた。ただの帝国兵をな」

それが過《あやま》ち。

帝国軍の兵士に雑兵などいない。

——星霊封じの檻のカラクリを見破って、その柱を砕いて破壊《はかい》。

──巨星兵《ルクレゼウス》の胸に穿《うが》たれた三発の弾痕《だんこん》。

イスカでも璃洒でもない。

その戦果は、どちらも第九〇七部隊のものだ。

『……お前たち……』

ぐらり、と巨人《きょじん》が傾《かし》いだ。

大きく身をのけぞらせるように倒《たお》れていって。

『……この星の……未来を失う気か……私が、八大使徒《われわれ》がいなければ……あの魔女を、いったい誰《だれ》が制御《せいぎょ》できるというのだ……』

呪詛《じゅそ》のように。

あたかも未来を見てきたかのような断末魔《だんまつま》の声を、響《ひび》かせて──

『世界最後の魔女を』

巨星兵《ルクレゼウス》は、全エネルギーを失って稼働《かどう》停止した。

Intermission　『世界でただ一組の騎士《きし》と魔女《まじょ》』

〝第一王女イリーティア・ルゥ・ネビュリス９世〟

〝水槽《フラスコ》の中の君が意識を失っているうちに白状するよ。いや懺悔《ざんげ》と言ってもいい。私は、君を失敗例として処分しなければならない〟

〝君は最低最弱の純血種だ〟

「声」の星霊……まあ笑ってしまうくらい弱い星霊だよ〟

〝だが代わりに、君の肉体は恐《おそ》ろしい可能性を秘めていた〟

〝まさかアレと融合《ゆうごう》し、ここまで自我《じが》を保っているとは〟

〝君は危険だ。私と八大使徒の意見は一致《いっち》した。星の中枢《ちゅうすう》で、君がアレと完全融合を果たしたら世界が滅亡《めつぼう》するだろうと〟

〝だから君を処分する〟

それが――

狂科学者《ケルヴィナ》が、水槽《フラスコ》の中の自分に告げた最後の言葉だった。

「……ごめんなさいね」

くすくすと、笑い声。

明かりを落とした小部屋。

月の見える窓際《まどぎわ》で、窓枠《まどわく》に手をかけて、イリーティアは口ずさむようにそう呟《つぶや》いた。

イリーティア・ルゥ・ネビュリス９世。

大きく波打つ髪《かみ》は、世にも美しい金を帯びた翡翠色《エメラルド》。

その相貌《そうぼう》は女神《めがみ》のように愛らしく、その豊満な肉体は世界中の男すべてを虜《とりこ》にするためのように甘く蠱惑《こわく》的。

そんな究極なる美を魔法《まほう》と呼ぶのなら――

まさしく、この王女ほど「魔女」に相応《ふさわ》しい者はいないだろう。

「あの水槽《すいそう》の中でも、ちゃんとあなたの声は聞こえていたのよケルヴィナ。意識を失った私のかわりに、私の肉体《なか》のアレがあなたの呟きを聞いていたから」

だから脱走《だっそう》した。

自分の力を恐れた八大使徒が、自分を消し去る気だとわかったからだ。

とはいえ——

今のイリーティアは、捕虜《ほりょ》として帝国《ていこく》に連行され、いまは再び八大使徒の監視下《かんし》にある。

この小部屋も、八大使徒に提供されたものだ。

「…………」

天井《てんじょう》の監視カメラを見上げる。いまこうしてカメラを見上げている自分を、八大使徒はどんな心境で見返しているだろう。

女神のごとき美女を見つめる気持ち？

否《いな》。

未知のバケモノを注視する観察者の心地《ここち》だろう。

なにしろ、この先どんな怪物に育つのか。八大使徒にも予測しきれていないからだ。

「……あと少し」

こうしている間も、イリーティアの額からは滝《たき》のように汗《あせ》が流れ落ちていた。

全身を蝕《むしば》む、寒気と目眩《めまい》。

意識を失いそうな——

いや、意識を乗っ取られそうなという方が正しい。

肉体が変異しつつある。

絶世の美貌《びぼう》を一枚剝《は》げば、世にも恐ろしい怪物《かいぶつ》が現れることだろう。魔女ヴィソワーズや堕天使《だてんし》ケルヴィナのような人外の姿さえ可愛《かわい》く見えるほどの。

……でもこれは。

……私が自ら望み、私が進んで受け入れたことだから。

星の中枢に眠《ねむ》る「星霊《せいれい》を超《こ》えるもの」。

その力を受け入れたことで、この肉体は、人ならざる怪物に変貌《へんぼう》し始めた。

「っ！」

激しい吐《は》き気《け》に苛《さいな》まれ、イリーティアの身体《からだ》がくの字に折れた。

だが何も吐かない。

食事はおろか水さえ、もう一週間以上口にしていないからだ。吐瀉《としゃ》物となるものが胃に残っていない。

……何となくわかるわ。

……今夜が「最後」だって。

人間でいられる最後の日。

なぜそう感じるかというと、この寒気と目眩と吐き気が、心地よいからだ。

自分が、自分の肉体が弄《いじ》られていくことを悦《よろこ》んでいる。

遂《つい》に来たのだ。

完全なるバケモノへと変わり果てる夜が。

「……ごめんなさいお母様」

遠きネビュリス皇庁《おうちょう》の、女王に向けて。

三姉妹《しまい》の長女は、苦悶《くもん》で擦《かす》れた声を振り絞った。

「私は……お母様の皇庁を……壊《こわ》します。この力で……私の中にある力が完全になったら……もう何も怖《こわ》いものなどないのです……お母様もアリスも……たとえ始祖様が立ちはだかろうとも……」

あらゆる星霊使いを凌駕《りょうが》する。

あらゆる魔女《まじょ》を凌駕する。

あらゆる力と権力と、星霊を凌駕する。

「世界中のすべてを敵に回しても、私は、私の思うまま世界を弄くれる」

コツッ。

扉《とびら》の向こうから響く靴音《くつおと》。それが誰の足音かを察したイリーティアの口元には、小さな笑《え》みが滲《にじ》んでいた。

先ほどまでの冷笑《れいしょう》ではない。
心を許した者だけに見せる、女神の微笑《びしょう》。
「構わないわよ。入っておいでなさいヨハイム」
扉が開いた。
紅《くれない》の髪をした長身の騎士が一礼し、そしてイリーティアの前まで歩を進める。
──使徒聖第一席『瞬《またたき》』の騎士ヨハイム。
天帝《てんてい》の護衛である男。
そして何よりも、かつて、女王を庇《かば》った自分を斬《き》った男。
〝女王を庇った第一王女イリーティアが、使徒聖《ヨハイム》の剣《けん》に切《き》り裂《さ》かれた〟。
そのはずの剣士《けんし》が。
今、イリーティアと二人きりで向かい合い、そして片膝《かたひざ》をついて跪《ひざまず》いた。
まるで──
まるで最愛の姫《ひめ》を守る騎士のように。
「──────」

「珍《めず》しいわねヨハイム。あなたが夜に、私の部屋を訪《おとず》れてくるなんて」

しっとりとした微笑《ほほえ》みで招くイリーティア。

「そしてご苦労様」

自分に跪く剣士の頭に手を乗せて、その紅の髪をそっと撫《な》でてやる。

「あなたがいてくれたから私の計画はここまで来たわ。王宮から脱出《だっしゅつ》する時も、あなたがいなかったらこう上手《うま》くはいかなかった」

「――――」

「ルゥ家の裏切り者が私だって、女王様《おかあさま》は薄々勘《うすうすかん》づいてたわ。だから芝居《しばい》が必要だったの。私が女王様《おかあさま》を庇ってあなたに斬られる。そうすれば私への疑いも晴れるでしょう？」

「――――」

「ああでも安心してちょうだい。あなたに斬られたところはもう治ったから」

薄《うす》い寝間着《ねまき》姿で。

イリーティアは、自らの豊かな胸元《むなもと》に手をあててみせた。

「ほらね？」

傷一つない。

絶命にしか思えないほど凄惨《せいさん》な傷痕《きずあと》が、かさぶた一つ残らず治癒《ちゆ》しきっている。

「あなたは嫌《いや》がってたけど──」

「イリーティア様」

跪いたまま。

頭《こうべ》を垂れた騎士が、押し殺した声で二の句を継《つ》いだ。

「主《あるじ》を斬れと言われた部下《おれ》の気持ちを、どうかお忘れ無く」

「っ」

「もう二度とあんな命令は聞きません。俺が来たのはそれが言いたかったから」

「…………」

一瞬《いっしゅん》きょとんと目を瞬《しばたた》かせて。

だがすぐに、翡翠色《エメラルド》の髪の魔女は、ふっと微苦笑《びくしょう》してみせた。

「ありがとうヨハイム」

嘘偽《うそいつわ》りなき慈愛《じあい》の声で。

それが最大の感謝の証《あかし》であると、王女のまなざしはそう告げていた。

「……そうね。あの戦いで、一番辛《つら》かったのはあなただったわね」

帝国軍が襲撃《しゅうげき》したネビュリス王宮で。
イ、イリーティアは最初から、斬られる計画だった。

使徒聖《ヨハイム》が女王を追《お》い詰《つ》める——

その女王を庇って斬られることで、自分が帝国に連れ去られる状況《じょうきょう》を自然なものとして偽装《カモフラージュ》することに成功した。

計画を知っていたのは三人だけ。

自分、ヨハイム、そして太陽《ヒュドラ》の魔女ヴィソワーズ。


〝お行きなさい。私も、これから大事な役目があるの〟

〝はっ！　あたしと同じ身体だろうと斬られたら痛いわよ。使徒聖の剣に斬られるなんて、さぞ痛いでしょうね〟


すべてイリーティアの策謀《さくぼう》どおり。

女王は欺《だま》された。

次女アリスリーゼも同じ。姉を斬った帝国軍を許せない——その一心から、イスカとの望まぬ再戦を繰《く》り広《ひろ》げたほどだ。

「おかげで私は帝国に亡命できたわ。どうしても皇庁から抜《ぬ》け出《だ》したかったの。だって、娘《むすめ》がバケモノの姿になるのを母親に見せたくはないでしょう？」

「────」

「ヨハイム、立ち上がって」

言われるがままに使徒聖の第一席が立ち上がる。

一方のイリーティアは窓際《まどぎわ》で腰掛《こしか》けたまま。自分をじっと見下ろすその男のまなざしを正面から受けとめて。

「たぶん今夜だと思うの。あと一、二時間もしたら、私はきっともう人間じゃなくなるわ。どんな醜《みにく》い姿になるか、私にもわからない」

「はい」

「後悔《こうかい》はないわ。私とあなたの理想を成《な》し遂《と》げるためだもの。その力を得るためだから」

「はい」

「……だけど」

イリーティアの声が、詰まった。

唇《くちびる》を噛《か》みしめ、嗚咽《おえつ》を耐《た》えるように肩《かた》を小刻みにふるわせて。

「……あなたに……私の姿を見て怖がられることだけは……まだ怖いの…………」

「────」

「私の姿を見て嗤《わら》っていい。心の底で蔑《さげす》んでもいいわ。だけどお願い……私の姿を見て、怖がることだけは――――――――――――――っ！」

しんと静まる小部屋。

イリーティアは身動き一つしない。


ただ一人の護衛に、その身を固く抱《だ》きしめられて。


「イリーティア様」

「…………」

「俺があなたの盾《たて》だ。あなたが世界最後の魔女ならば、俺は、その魔女を守る世界最後の騎士《きし》になると約束しよう」

使徒聖第一席『瞬《またたき》』の騎士ヨハイム――

天主府に駐在《ちゅうざい》し、片時も天帝のもとを離《はな》れてはいけないはずの男がなぜ、この夜更《よふ》けに、幽閉《ゆうへい》された魔女を訪れたのか。

その理由《わけ》は。

――真の主だから。

二人は、この世界でただ二人だけの主従。

騎士ヨハイム・レオ・アルマデルが仕える主は、イリーティアただ一人。

王女イリーティアの騎士は、ヨハイムただ一人。

ずっと。

ずっと二人は、二人だけで戦ってきた。

「皇庁で生まれた俺は、星霊《せいれい》が弱いという理由で星霊部隊に入れず落第した。皇庁という星霊至上主義の国で、ただ一人俺に声をかけてくれたんだ。『私たち似たもの同士ね』と。あなただけはそう笑って、俺に手を差《さ》し伸《の》べてくれた」

「…………」

「イリーティア。だから俺は、あなたのために戦う」

「…………」

「俺を疑うな。俺を信じろ。俺を使え。俺に命じろ。あなたがあなたで在るかぎり、俺は、あなたの騎士で居続ける」

「……………もうっ。本当に頑固《がんこ》ねあなたは」

美しき魔女が、目をつむった。

もう水分を一週間以上とってない。カラカラの砂漠《さばく》のように乾《かわ》ききった肉体なのに……目を閉じなければ、何かが溢《あふ》れ出《で》て止まらなくなりそうだったから。

「ヨハイム」

「はい」

「一緒《いっしょ》に壊《こわ》しましょう。そして一緒に、この星に真の楽園を育みましょう。どんなに弱い人間も星霊使いも差別されない楽園を創るの」

「はい」

「帝国《ていこく》は邪魔《じゃま》ね。だって星霊使いを迫害《はくがい》するもの」

「皇庁もです。強い星霊使いが、弱い星霊使いを支配します。弱い星霊使いが、星霊をもたない人間を見下します」

「天帝も」

「始祖も」

「星《ルゥ》も――」

「月《ゾア》も――」

「太陽《ヒュドラ》も――」

「八大使徒も――」

「ネビュリス王家も――」

「星霊さえも――」

「みんな私が壊してみせるわ。私は、そのための世界最後の魔女《まじょ》になる」

その夜。

帝都《ていと》の郊外《こうがい》に、この世のものとは思えぬ苦悶《くもん》の叫《さけ》びが聞こえて——

さらにその数時間後。

人ならざるモノの歓喜《かんき》の「歌声」が響《ひび》きわたった。

Epilogue 『始まりにして最悪の日』

1

目が覚めて。

アリスはたった一人で、自室のベッドに寝《ね》かされていた。

「————」

「っ、気づきましたかアリス！」

「……女王様《おかあさま》？」

ベッドの隣《となり》に座っていた女王が振《ふ》り向《む》いた。

上半身を起こしたアリスを見て安心したのだろう。胸をなで下ろし、ほっと息を吐《は》きだして。

「良かった。あなたが地下で倒《たお》れていたと部下から報告された時には、頭が真っ白になりかけました。あまり母を心配させないでください」

「……わたし……痛《つ》っ！」

ずきずきと痛む頭を押さえ、アリスは顔をしかめた。

朧気《おぼろげ》だった意識が醒《さ》めていくにつれ、徐々《じょじょ》に、最後に見た光景が頭のなかで明確な像になっていく。

〝あなたは帝国を焼きつくす気ね〟

〝始祖〟

そうだ。

この王宮の地下で、始祖ネビュリスが目覚めた。

自分はそれを止めようとしたけれど——

あの星霊封《ふう》じの檻《おり》という結界から脱出《だっしゅつ》したところで、疲弊《ひへい》しきってしまった。

「女王様《おかあさま》！」

ベッドから跳《は》ね起《お》きた。

大丈夫《だいじょうぶ》だ。頭痛と気怠《けだる》ささえ我慢《がまん》すれば、身体《からだ》そのものは支障なく動く。

「一大事です！　棺《ひつぎ》に収まっていた始祖様が目覚めてしまって……！」

「ええ。そのようですね」

女王が目をやった先は、アリスの部屋の窓だった。

「見回りの兵と大臣その他大勢が、始祖様の姿を目撃《もくげき》しています。擦《す》りきれた外套《がいとう》を着て、しばし上空に浮《う》かんでいたと」

「……それで、その後は」

「忽然《こつぜん》と消えたそうです。転移系の星霊の力ではないかと学者たちは——」

「っ、やっぱり！」

奥歯《おくば》を噛みしめる。

始祖が向かったのは間違《まちが》いなく帝国だ。その中心である帝都に赴《おもむ》き、そこを一片《ぺん》残らず焼きつくすつもりなのだろう。

……冗談《じょうだん》じゃないわ。

……帝都には燐《リン》が捕《つか》まっていて、それにイスカもいるのよ！

さらには皇庁《おうちょう》の部下もだ。

帝国内で情報収集しているスパイも大勢いる。そんな彼らごと、始祖は一切《いっさい》の慈悲《じひ》なく焼きつくそうとするだろう。

まだ間に合う。

その悪夢が現実になる前に。

「……ええ、やるしかないのよアリス」

我知らず、アリスは拳《こぶし》を握《にぎ》りしめていた。

意は決した。

遅《おそ》かれ早《はや》かれ、いつかは自分も「あの地」に向かう時が来ると思っていた。それが今になっただけのことだ。

「……決めましたわ」

「アリス？　どうしたのです？」

「女王様《おかあさま》、わたしもう吹《ふ》っ切《き》れましたわ。というより我慢の限界の限界です！」

立ち上がった女王と向かい合う。

視線と視線を重ね、アリスは深く頷《うなず》いた。

「いい加減、あの小生意気な幼女に振り回《まわ》されるのはご免《めん》なのです」

「幼女？」

「始祖様ですわ」

「っ⁉　な、何をアリス、始祖様に向かって幼女呼ばわりは……」

「事実です。こちらは大迷惑《めいわく》なのですから！」

胸の鬱憤《うっぷん》を思いきり吐きだして。

アリスは、部屋に響きわたる声量で宣言した。

「わたしが帝国に向かいます。始祖を止めに！　そして燐を助けに！」

2

帝都——

世界最多の人口集結地として知られるこの都は、三つのセクターに分かれている。

第一セクターは政治・研究機関の集結地。

政策全権を担《にな》う議会が招集され、帝国のすべてが決定される。

第二セクターは居住区。

帝都の民《たみ》の七十パーセントが暮らす場所だ。住宅地の隣には世界有数の繁華街《はんかがい》が並立《へいりつ》し、世界中から観光客がやってくる。

そして第三セクターが軍事拠点《きょてん》。

帝国軍の常駐《じょうちゅう》地であり、広大な演習場が集中している。

「……遂《つい》に帝都にやってきたのですね」

第二セクターの広場前——

輸送車から降りたったシスベルが天を仰《あお》いだ。既《すで》に真夜中。太陽は地平線の彼方《かなた》に沈《しず》み、ほのかに薄暗い空が広がっている。

真っ黒な空ではない。

真夜中にもかかわらず、帝都の空は明るかった。

「……こんなにも明るい夜空だなんて。違和感《いわかん》しかありませんわ」

シスベルが、なかば呆《あき》れ口調で嘆息《たんそく》。

「第二セクターでしたっけ。繁華街のビルの明かりがこんなにも強いから、これでは星の光がまるで見えません。皇庁では信じられませんわ」

「しっ、聞こえちゃうよシスベルさん」

慌《あわ》ててシスベルに囁《ささや》いたのはミスミス隊長だ。

ここは帝都。

世界でもっとも警備の厳しい都だ。そこら中に監視《かんし》カメラや星霊《せいれい》エネルギーの検出器が取り付けられている。

「ねえジン兄ちゃん、音々《ネネ》たち久しぶりに帰ってきたんだよね」

「まあな。俺らにしちゃ古巣も古巣だが」

「……でも音々あんまり嬉《うれ》しくないかも。緊張《きんちょう》の方が大きいよ」

「でけぇ用事があるからな」

ジンと音々が並んで見上げる先には検問所。

第三セクターへの入り口である。この奥には作戦基地や演習場など軍事拠点がいくつもあるが、自分たちの目的は違《ちが》う。

――天守府。

天帝《てんてい》ユンメルンゲンが待つ「窓のないビル」へ。

そこに囚《とら》われの燐もいる。

「天帝への謁見《えっけん》。いったい何が待っているやら考えたくもねぇよ。イスカ、天守府ってのの、お前は一度入ってるんだろ?」

「……一度だけね」

ジンの隣で、イスカは小さく頷いてみせた。

使徒聖への昇格《しょうかく》を果たした時のこと。ただし謁見時、そもそもイスカの前に現れたのは天帝の影武者《かげむしゃ》だった。

次は違う。

天守府で待っているのは本物の天帝ユンメルンゲン。

さらに言えば、天帝と自分たちとの接触《せっしょく》を良しと思わぬ者たちがいる。

……璃洒《リシャ》さんは、八大使徒ルクレゼウスの電脳体は消えたと言ってた。

……それを倒した僕らは、確実に命を狙《ねら》われる。

あの八大使徒を敵に回してしまった。

帝都《ていと》の中とて油断できない。いついかなる時も、八大使徒の息がかかった刺客《しかく》に襲《おそ》われる危険があるのだから。

「はーい、お待たせみんな！」

車内に留《とど》まっていた璃洒が、一歩遅《おく》れて輸送車から降りてきた。

その頬《ほお》には絆創膏《ばんそうこう》、太ももには包帯。

言うまでもなく八大使徒との戦闘《せんとう》の跡《あと》である。とはいえそんな痛々しさも意に介《かい》さず、本人はいつも通りの飄々《ひょうひょう》とした口ぶりで。

「天帝陛下と連絡《れんらく》がついたわよん。天守府で待ってるから今すぐおいでだって。ってわけでウチらは、あと一時間後には天帝陛下と面会ね」

「……あの。一ついいですか」

「なにイスカっち？」

「八大使徒のことは」

「ん？　ああもちろん報告したわよ。陛下への謀反《むほん》を企《たくら》んでるってね」

ここは帝都の広場。

誰《だれ》に聞かれてるかわからない場所だが、璃洒はそれもお構いなしだ。

「でも天帝陛下もそれは予想済みだしね。大事なのはウチの口報告じゃなくて、天帝陛下がその目で見るってことなの」

「……シスベルの星霊で？」

「そそ。そのために来たんだから。ってわけで出発ね」

検問所を指さす璃洒が、意気揚々《いきようよう》と歩きだす。

それにイスカも従おうとして、その矢先。

「……ん？」

何かを感じた。

幽《かす》かな、本当に幽かな郷愁《なつかしさ》。

足音？　匂《にお》い？

自分でもわからぬまま吸い寄せられるように、イスカは振《ふ》り向《む》いて。

信じられない者の姿を見た。

「…………うそ……」

「何がだバカ弟子《でし》」

「……なんで……師匠《ししょう》が……」

「俺が帝都に戻《もど》ってきたことがそんなに不思議か？」

気怠《けだる》げなその口ぶり。

そして数年前と変わらぬ、黒ずくめの風貌《ふうぼう》——

イスカの師、クロスウェル・ネス・リビュゲートがそこにいた。

一切の贅肉《ぜいにく》を落とした長身黒髪《くろかみ》に、ロングコートを羽織った佇《たたず》まい。

元、使徒聖第一席。

元、星剣《せいけん》の所持者。

そしてイスカとジンの師である男。

数年前のことだ。イスカに星剣を、そしてジンに狙撃銃《そげきじゅう》を与《あた》え、ふらりと帝都から姿を消したきり。

こんな時に、こんな場所での再会がありうるのか？

「ってクロ先生だ⁉」

「え……クロ先生って、もしかしてイスカ君とジン君のお師匠さん⁉」

目を丸くする音々とミスミス隊長。

そんな二人の隣《となり》で、シスベルはただただぽかんと首を傾《かし》げて。

「ど、どういうことです！　皆《みな》さん勝手に盛り上がって……ジン？　この男がいったい何だと言うのです」

「俺とイスカの師匠だよ」

「……はい？」

「俺も、お前と同じ心境だよ。突然《とつぜん》すぎてわけがわからねぇ」

そう答えるジンも、珍《めずら》しく口元に苦笑いを浮《う》かべている。

大抵《たいてい》のことは「想定どおりだ」で貫《つらぬ》くこの狙撃手さえ、こればかりは想定外の出来事だったのだろう。

「おい師匠、何の風の吹き回しだ」

「何がだ？」

「こんな時にこんな場所で再会する偶然《ぐうぜん》があってたまるか。俺らを待っていたとしか思えねえ。それとも、これもアンタの仕業か天帝参謀殿《さんぼうどの》？」

「……まっさかぁ」

睨《にら》みつけるジンに、璃洒が肩《かた》をすくめてみせた。

「ウチが聞きたいくらいよね。初めまして元第一席クロスウェル。天帝陛下からあなたの話はたっぷり聞いてます」

「──その件だ」

師のまなざしの先は、璃洒ではなかった。

まっすぐ自分《イスカ》へ。

「ユンメルンゲンに会いに行くのなら、急ぐことだな」

天帝ではなくユンメルンゲン。

この帝国《ていこく》の最高権力者の称号《しょうごう》ではなく「名」だけを告げて。

「俺の用件はそれだけだ」

「……へっ⁉　え……ちょっと待って師匠⁉」

イスカの制止も間に合わない。

あっという間にその場で背を向けて、かつての師は繁華街の方へと歩きだしてしまったではないか。

「あの師匠ってば！　僕だって色々と聞きたいことが──」

「俺は忙《いそが》しい」

「いや、だから！」

「世界で一番凶暴《きょうぼう》な身内が暴れるのを、なだめる用事がある。そろそろ帝国の国境にまでやってくる頃《ころ》だろうからな」

「……？」

「あとはユンメルンゲンに聞け。外見こそ物騒《ぶっそう》だが、少なくとも悪党じゃない」

意味がわからない。

実に数年ぶりの再会だというのに、師は自分に何が言いたいのだろう。イスカの内心の困惑《こんわく》も素知らぬ顔で――

かつての星剣の所持者は、雑踏《ざっとう》のなかへと姿を消した。

3

時を同じくして――

天守府。

窓の無いビルとして知られる巨大《きょだい》建造物の、その最奥《さいおう》で。

「星は記憶《きおく》する。この地上のすべての事象《こと》を」

歌うように。詩を紡《つむ》ぐように。

銀色の毛皮をした獣人《じゅうじん》――天帝ユンメルンゲンは、朱塗《しゅぬ》りの天井《てんじょう》を見上げて軽《かろ》やかに口ずさんだ。

「待ち遠しい。血が騒《さわ》ぐんだ。早くおいで灯《ともしび》の魔女《まじょ》」

「……シスベル様と呼べ」

苛立《いらだ》ちまじりの声。

天帝の立つ後ろでは、燐がむすっとした表情で畳《たたみ》に座りこんでいた。

「シスベル様がじきお見えになるのだな？　言っておくが、ご本人に向かって間違《まちが》っても魔女という蔑称《べっしょう》を使うなよ」

「はいはい」

「……本当にわかっているのだろうな」

「メルンは使わない」

「むっ？」

ピクリと燐が片眉《かたまゆ》を吊《つ》り上《あ》げる。

天帝《てんてい》が言外にまじえた皮肉。メルン「は」ということはつまり、それ以外の誰かは使うという意味に他ならない。

「おい貴様——」

「言葉を返そう。お前こそ覚悟《かくご》した方がいいよ。第三王女シスベルがここにやってくる。そしてメルンたちが見るのは全ての元凶《げんきょう》だ」

天帝ユンメルンゲンのまなざしは、いまだ天井を見つめたままで。

「百年前に起きた悲劇だよ」

「……何だと？」

「始祖ネビユリスの誕生。メルンの誕生。黒鋼《くろがね》の剣奴《けんど》クロスウェルの誕生。そして星剣が創られることになった理由。星の中枢《ちゅうすう》に眠《ねむ》るもの」

すなわちね——

そう続けた天帝の表情には、燐が初めて見る「怒り《いか》」が滲《にじ》んでいた。

「この星で起きた最悪の日を、今から追体験するんだよ」

真実を求める天帝ユンメルンゲン。

復讐《ふくしゅう》を誓《ちか》う始祖ネビュリス。それを止めるために急ぐ弟《クロスウェル》。

計画推進を謀《はか》る八大使徒。

燐、璃洒。

第九〇七部隊。

黒鋼の後継《こうけい》イスカと、帝国行きを決した第二王女アリス。さらに別の思惑《おもわく》をもって帝国へと向かいつつある月《ゾア》と太陽《ヒュドラ》の王家たち。

そして——

そのすべてを嗤《わら》う魔女《イリーティア》。

全《すべ》勢力《て》が入り乱れる星の大戦の始まりまで、あと十七時間。

あとがき

あなたが世界最後の魔女《まじょ》ならば、俺は世界最後の騎士《きし》になる。

『キミと僕の最後の戦場、あるいは世界が始まる聖戦』（キミ戦）、第10巻を手に取って頂きありがとうございます！

今巻のテーマは「集結」。

この物語を巡《めぐ》る、あらゆる登場人物たちが帝国《ていこく》に集《つど》いつつある。その最後のカウントダウン――

皇庁では、月《ゾア》・太陽《ヒュドラ》がそれぞれ爪《つめ》を研《と》ぎ澄《す》まして。

帝国でも、強大な権力者たちによる激突《げきとつ》と競演が始まりつつある。

さらに次回、いよいよ帝国の「百年前」のエピソードが登場します。始祖が、天帝《てんてい》が、イスカの師匠《ししょう》が目《ま》の当《あ》たりにした激動の物語の始まりです！

――その一方で。

あとがき冒頭の、この言葉。

作中のある人物のセリフですが、実はこれ、『キミ戦』というタイトルが生まれる前に、細音《さざね》が使っていた仮タイトルでした。

そこからさらに物語を温めて……

今の『キミ戦』というタイトルの誕生と共に、この言葉は、イスカとアリスではなく「別の二人」に継承《けいしょう》されました。この変化がどんな未来へ続いていくのか、どうか楽しみに見守って頂ければ幸いです。


……というところで！　お待たせしました！

大本命、アニメ情報について。

この第10巻が本屋さんに並ぶ頃《ころ》には放送が始まっているはずですが、折角の機会なので改めてお伝えさせて頂きますね。

アニメ『キミと僕の最後の戦場、あるいは世界が始まる聖戦』、ついに放送開始です！

▼TVアニメ『キミ戦』放送開始
①放送局

・AT－X　水曜日23時30分～（最速放送・リピート放送あり）
・ABCテレビ　水曜日26時14分～
・TOKYO MX1　水曜日25時35分～
・テレビ愛知　木曜日26時35分～
・BS11　金曜日25時00分～
②ストリーミング
・dアニメストア　水曜日24時00分～（地上波先行・単独最速配信）
その他各種アニメ配信サイトも。
※詳《くわ》しくは、『キミ戦』アニメ公式サイトにて。

▼『キミ戦』Webラジオ放送開始
アニメと一緒《いっしょ》にWebラジオも放送が決まりました！

メンバーからして超豪華《ちょうごうか》です。なんとイスカ役の小林裕介《こばやしゆうすけ》さん、アリス役の雨宮天《あまみやそら》さんのお二人がラジオの司会進行《パーソナリティー》を引き受けてくださいました。

放送名「小林裕介と雨宮天のキミ戦RADIO」。

10月6日より隔週火曜日に更新予定です。

お二人がどんなキミ戦トークをして下さるのか、細音も楽しみです。さらに小林さん雨宮さんに加えて、キミ戦ならではのゲストも？

（お便りも募集中《ぼしゅうちゅう》とのことなので、送って頂けたら採用されるかも！）

アニメと一緒に、このwebラジオもぜひお楽しみに！

▼オープニング・エンディング
・OP「Against.」
石原夏織《いしはらかおり》さんの歌うオープニングテーマが、11月4日に発売です。

細音としては第1話の挿入《そうにゅう》シーンがすごく好きかも。ぜひぜひアニメで聞いて、そして気に入って頂けたら嬉《うれ》しいなと！
・ED「氷の鳥籠」＆挿入歌「奏響エトランゼ」
アリスリーゼ（cv：雨宮天さん）のエンディング＆挿入歌が、11月11日に発売です。

挿入歌もすごく素敵《すてき》で、アニメのどこで流れるかこうご期待です！

（細音もネットで予約済みです！）

どちらの曲もOP・EDにぴったりなので、ぜひぜひお聴《き》きになってくださいね！

▼その他アニメ情報
アリスリーゼのフィギュア化が決定です。

細音も3Dモデルを拝見したのですが、ドレスはもちろん髪《かみ》の房《ふさ》一つ一つまで精緻《せいち》に作り込まれていて美麗《びれい》です。

早く完成版をお見せしたいなと！

さらなるグッズ情報も、細音のTwitterでお知らせしますね！


……というところで。

アニメ関連のお知らせが盛りだくさんですが、まず何よりもアニメの第1話を見てもらえたら嬉しいです。

アニメのイスカとアリスも、どうか応援《おうえん》して頂ければと！


そしてキミ戦以外のお知らせを一つだけ。

キミ戦と一緒に続けてきたMF文庫J『なぜ僕の世界を誰《だれ》も覚えていないのか？』が、ひとまず綺麗《きれい》なところに着地しました。

その上で——

最新作のお知らせを！

▼『神は遊戯《ゲーム》に飢《う》えている。』

人類が与《あた》えられた試練は、神に遊戯《ゲーム》で10勝すること。

至高の神々がもたらす難問ゲーム「神々の遊び」。人類史上、完全攻略《こうりゃく》者いまだゼロ。

これは――

全人類を代表して、神々に頭脳戦《ゲーム》を挑《いど》む少年の物語。

小説サイト「カクヨム」にてWeb連載《れんさい》開始です!

細音の中でもとびきりの挑戦《ちょうせん》作で、だからこそ一日でも早くお届けしたくWeb連載をさせて頂くことになりました。

そして連載早々、早くも大反響《だいはんきょう》です!

頭脳戦×ハイファンタジーというちょっと珍《めずら》しい世界観――

お昼休みや通勤・通学のお供に、スマホやPCなどでお気軽にご覧くださいね。キミ戦と一緒に頑張《がんば》るので、こうご期待です!

さてさて。

こちらに続き、『キミ戦』小説のお知らせも。

▼短編集『キミ戦 Secret File』第2巻
２０２０年12月19日予定。

剣士《けんし》イスカと魔女姫《まじょひめ》アリスの物語――

長編の「裏側」にあたる二人のエピソード集が早くも第2巻発売決定です。

嬉しいことに第1巻の書き下ろし短編2本がすごく好評で、第2巻の書き下ろしも全力で頑張りますね。

アニメ放送中の12月刊です、ぜひぜひご期待ください！


というわけで、あとがきも終盤《しゅうばん》です。

今回もたくさんの方にお力添《ちからぞ》えを頂きました。

猫鍋蒼《ねこなべあお》先生――

アリスの超美麗《ちょうびれい》なカバーイラスト、ありがとうございます！

いよいよアニメも放送開始ですね。猫鍋蒼先生が描《えが》いてくださったイスカやアリスが、アニメとして動く瞬間《しゅんかん》が今から本当に楽しみです。

（あとがきを書いているのが9月なので、10月が待ち遠しいです！）

担当O様、S様——

『キミ戦』の本編からアニメ企画《きかく》もろもろ、すべてにおいて全力で支えて頂いて、本当に心強く感じています。もっともっと『キミ戦』を盛り上げていけるよう、どうかよろしくお願いいたします！

ではでは——

そろそろあとがきもお終《しま》いです。

２０２０年12月の『キミ戦』短編集２巻で。

２０２１年春頃《ごろ》の『キミ戦』第11巻で。

そして、ＴＶアニメ『キミ戦』でお会いできますように！

夏が過ぎかけの9月に　細音啓《けい》

次回予告

星よ、あなたの過去を見せてちょうだい

シスベルが灯す「百年前」、そこに映っていたものは――

これは、後にイスカの師となる男の闘争劇。
帝都を訪れた少年クロスウェルは、双子のネビュリス姉妹、そして自らを天帝と名乗る子供と出会う。
時同じく、帝都のはるか地下深く――
星を揺るがす計画が実現しようとしていた。

至高の魔女と最強の剣士の舞踏、第11幕

忘れるなイスカ。この剣が、世界を再星する希望だ。

キミと僕の最後の戦場、
あるいは世界が始まる聖戦 11

2021年春発売予定

お便りはこちらまで

〒一〇二－八一七七
ファンタジア文庫編集部気付
細音啓（様）宛
猫鍋蒼（様）宛

富士見ファンタジア文庫

キミと僕《ぼく》の最後《さいご》の戦場《せんじょう》、
あるいは世界《せかい》が始《はじ》まる聖戦《せいせん》10

令和2年10月20日　初版発行

著者——細音《さざね》　啓《けい》

発行者——青柳昌行

発　行——株式会社KADOKAWA
〒102-8177
東京都千代田区富士見2-13-3
0570-002-301（ナビダイヤル）

印刷所——株式会社暁印刷

製本所——株式会社ビルディング・ブックセンター

※定価はカバーに表示してあります。
●お問い合わせ
https://www.kadokawa.co.jp/（「お問い合わせ」へお進みください）
※内容によっては、お答えできない場合があります。
※サポートは日本国内のみとさせていただきます。
※Japanese text only

ISBN978-4-04-073729-4 C0193　◇◇◇

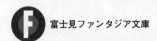

騙しあい。

各国がスパイによる戦争を繰り広げる世界。任務成功率100%、しかし性格に難ありの凄腕スパイ・クラウスは、死亡率九割を超える任務に、何故か未熟な7人の少女たちを招集するのだが――。

シリーズ
好評発売中！

ファンタジア文庫

世界最強の
“不可能任務”に挑む少女たちの
痛快スパイファンタジー！
スパイ教室
竹町
illustration
トマリ

ティナ
四大公爵家の
ひとつ、ハワード家に
生まれた公女殿下。
なぜか誰でも扱える
程度の魔法すら使う
ことができない。
変える
はじめましょう
アレン
公爵令嬢ティナの
家庭教師を務める
ことになった青年。魔法
の知識·制御にかけては
他の追随を許さない
圧倒的な実力の
持ち主。
発売中!